AF385189

EXTRAIT DES ANNALES DU MUSÉE GUIMET
— Tome II —

LA
MÉTRIQUE DE BHARATA

TEXTE SANSCRIT DE DEUX CHAPITRES

DU

NÂTYA-ÇÂSTRA

PUBLIÉ POUR LA PREMIÈRE FOIS

ET SUIVI D'UNE INTERPRÉTATION FRANÇAISE

PAR

PAUL REGNAUD

ANCIEN ÉLÈVE
DE L'ÉCOLE PRATIQUE DES HAUTES-ÉTUDES, MAÎTRE DE CONFÉRENCES DE SANSCRIT
À LA FACULTÉ DES LETTRES DE LYON

PARIS

ERNEST LEROUX, ÉDITEUR

LIBRAIRE DE LA SOCIÉTÉ ASIATIQUE ET DE L'ÉCOLE DES LANGUES ORIENTALES VIVANTES

28, RUE BONAPARTE, 28

1880

LA MÉTRIQUE DE BHARATA

1054

Ya

323

LYON. — IMP. PITRAT AINÉ, RUE GENTIL, 4

EXTRAIT DES ANNALES DU MUSÉE GUIMET
— TOME II —

LA
MÉTRIQUE DE BHARATA

TEXTE SANSCRIT DE DEUX CHAPITRES

DU

NÂTYA-ÇÂSTRA

PUBLIÉ POUR LA PREMIÈRE FOIS

ET SUIVI D'UNE INTERPRÉTATION FRANÇAISE

PAR

PAUL REGNAUD

ANCIEN ÉLÈVE

DE L'ÉCOLE PRATIQUE DES HAUTES-ÉTUDES, MAITRE DE CONFÉRENCES DE SANSCRIT

A LA FACULTÉ DES LETTRES DE LYON

DÉPÔT LÉGAL
Rhône
N° 462
1880

PARIS

ERNEST LEROUX, ÉDITEUR

LIBRAIRE DE LA SOCIÉTÉ ASIATIQUE ET DE L'ÉCOLE DES LANGUES ORIENTALES VIVANTES

28, RUE BONAPARTE, 28

1880

PRÉFACE

La seconde moitié du quinzième *adhyâya* du *Bhâratiya-Nâtya-Çâstra*,
et le seizième tout entier forment, dans la pensée de l'auteur, un traité suivi et
complet de prosodie dramatique. C'est ce traité dont j'ai entrepris de donner
une édition par le présent travail. J'ai eu à ma disposition à cet effet le même
manuscrit de l'*Asiatic Society* de Londres et j'ai suivi la même méthode
que pour ma précédente publication intitulée : Le dix-septième Chapitre du
Bhâratiya-Nâtya-Çâstra. Seulement, cette fois, je fais suivre mon texte
d'une interprétation française tantôt littérale, tantôt analytique et tantôt
sous forme de paraphrase, selon la nature et le style des divers passages di-
dactiques de l'original. Les procédés différents auxquels j'ai dû avoir recours
s'expliqueront d'eux-mêmes, je l'espère, pour quiconque en cherchera la raison. Quant aux exemples qui alternent avec les descriptions de mètres dans
le seizième chapitre, je n'en ai traduit qu'un petit nombre choisis parmi ceux
dont le texte est le mieux établi et le sujet le plus intéressant ou le plus gra-
cieux.

Si l'on considère la *Métrique de Bharata* au point de vue des résultats
scientifiques qui en découlent, on peut les résumer en disant que ce traité fait
connaître une certaine quantité de mètres qui n'étaient pas décrits dans les
ouvrages antérieurs, qu'il confirme la plupart des règles prosodiques déjà

indiquées et qu'il nous révèle un bon nombre de petites pièces non sans va-
leur appartenant à la littérature érotique et descriptive des premiers temps
de l'époque classique.

En ce qui regarde la détermination de sa date absolue ou relative, notre
traité ne nous fournit aucune indication complètement concluante. On peut
cependant poser en fait, surtout à la vue de plusieurs çlokas qui ne sont, de
toute évidence, que l'amplification et la rédaction métrique de tel ou tel précepte de Piṅgala, que notre texte est postérieur à celui du *Chandaḥsútra*.
Mais, en revanche, la simplicité du style des exemples et l'absence de toute
allusion soit aux personnages du *Râmâyaṇa*, soit à un prince quelconque pro-
tecteur du poète, nous montrent que nous avons affaire à des compositions
étrangères au genre et aux habitudes qui ont prévalu dans le moyen âge, et
appartenant, selon toute vraisemblance, à un cycle qui précède même la plus
grande partie de ce qui nous reste de la littérature classique.

Un seul de ces exemples (xvi, 100) se retrouve parmi ceux que donne lui-
même Halâyudha dans son commentaire sur le *Chandaḥsútra*. L'unique
conclusion à en tirer c'est que celui-ci l'a emprunté à Bharata ou à une source
commune. D'ailleurs, on peut inférer de ce qu'en général Bharata et Halâyudha se servent d'exemples différents à l'appui de la description d'un mètre,
identique que ces exemples ne représentent pas les vers mêmes dont une expression saillante a servi à l'origine à dénommer le mètre dont elle faisait
partie. Il est vraisemblable, d'après cela, que de bonne heure chaque auteur
d'un traité de métrique composait à son usage au moins une certaine quantité
des vers dont il avait besoin comme paradigmes et y faisait entrer le nom,
déjà consacré depuis un temps plus ou moins long, du mètre correspondant
à chaque précepte prosodique.

Que Bharata, du reste, ait suivi ce qu'on pourrait appeler la coutume littéraire du genre dans la rédaction de cette partie de son ouvrage, c'est ce qui
semble ressortir aussi de la méthode à laquelle il a recours : dans un traité
de métrique spécialement consacré, il a soin de le dire, aux vers en usage
dans la poésie dramatique, il fait consister presque exclusivement ses exemples en madrigaux ou en descriptions ayant un sens absolu et ne paraissant
se rattacher à aucun titre à une pièce de théâtre quelconque. Il paraît bien
certain qu'en ceci l'usage l'a emporté sur la logique et que notre auteur a cru

devoir se conformer à l'habitude de ses devanciers au lieu d'employer la mé -
thode si naturelle, mais insolite sans doute, de prendre ses exemples dans le
genre littéraire même dont son but principal était de tracer les règles.

Une dernière remarque à faire, c'est qu'un assez grand nombre de mètres
portent dans Bharata un nom différent de celui qui leur est donné par toute
la série d'auteurs sanscrits publiés jusqu'ici qui ont traité de la métrique. On
ne voit pas non plus que ces auteurs, quoique postérieurs à lui (abstraction
faite de Piṅgala), l'aient jamais cité. Si l'on rapproche cette double circons -
tance d'un fait diamétralement opposé, à savoir, de la multiplicité des passages empruntés à Bharata qu'on rencontre dans les traités de rhétorique et
les commentaires sur les drames, il convient, ce semble, d'en conclure que,
placé en ce qui concerne la métrique sur un terrain un peu différent du sien,
le législateur du théâtre hindou n'a pas obtenu à cet égard l'autorité qui lui
est si complètement acquise en ce qui regarde la composition dramatique et
l'analyse des sentiments qu'on doit mettre en œuvre sur la scène.

Je ne saurais mieux terminer ces rapides observations sur la *Métrique de
Bharata* qu'en constatant les précieux, les indispensables secours que j'ai
trouvés pour l'éditer et la traduire dans le mémoire de Colebrooke sur la *Poésie sanskrite et prâkrite* et dans le beau traité de M. Weber sur la métrique
sanskrite, qui remplit le huitième volume des *Indische Studien*. L'éloge de ces
savants travaux n'est plus à faire ; mais quand on a eu comme moi l'occa-
sion d'en tirer si largement profit, ce n'est que justice d'en affirmer à son
tour l'excellence.

NÂTYA-CÂSTRA

QUINZIÈME CHAPITRE

INTITULÉ CHANDOVIDHÂNA

— PARTIE FINALE —

Kâranaç caiva mandraç ca madhyamas trividhah svarah |
Dhruvaṃ vidhânenaivâsya sampravakshyâmi lakshaṇaṃ ‖ 1 ‖
Vidhiḥ kâlakṛtaç caiva tathaivârdhakṛto bhavet |
Vṛttam ardhasamaṃ caiva vishamaṃ samam eva ca ‖ 2 ‖
Chandaso yasya pâdaḥ syâd dhîno vâdhika eva ca |
Vṛttaṃ nivṛd iti proktaṃ bhurik ceti dvijottamâḥ ‖ 3 ‖
Aksharâbhyâṃ sadâ dvâbhyâm adhikaṃ hînam eva vâ |
(Yac) chando nâmato jñeyaṃ svarâd api virâd api ‖ 4 ‖
Chandasâm tu bhaved eshâm bhedo naikavidhaḥ pṛthak |
Asaṃkhyaparimâṇâni vṛttâny âhur atho budhâḥ ‖ 5 ‖
Gâyatrîprabhṛtis tv eshâṃ pramâṇam sa vidhîyate |
Prayogajâni sarvâṇi prâyas tâni bhavanti hi ‖ 6 ‖
Vṛttânâṃ hi catuḥshashṭir gâyatrî parikîrtitâ |

Çatam vimçatir ashtau ca vṛttāny ushṇig athocyate || 7 ||
Shatpañcâçac chatadve ca vṛttânâm apy anushṭubhaḥ |
Çatâni pañca vṛttânâṃ bṛhatyâ dvâdaçaiva tu || 8 ||
Paṅkteḥ sahasraṃ vṛttânâṃ caturvimçatir eva ca |
Trishṭubho dvisahasre ca catvârimçat tathâshṭa ca || 9 ||
Sahasrâṇy atha catvâri navatiç ca shaḍuttarâ |
Jagatyâḥ samapâdânâṃ vṛttânâm iha sarvaçaḥ || 10 ||
Çatam ashṭau sahasrâṇi dvyadhikâ navatiḥ punaḥ |
Jagatyâm atipûrvâyâṃ vṛttânâṃ parimâṇataḥ || 11 ||
Çatâni trîṇy açîtiç ca sahasrâṇy atha shoḍaça |
Vṛttâni caiva çatvâri çakvaryâḥ parisaṃkhyayâ || 12 ||
Dvâtrimçac ca sahasrâṇi sapta caiva catâni ca |
Ashṭâshashṭiç ca vṛttâni hy âçrayanty atiçakvarîṃ || 13 ||
Pañcashashṭiḥ sahasrâṇi sahasrârdham ca saṃkhyayâ |
Shaṭtrimçac caiva vṛttânâm ashṭau nigaditâni ca || 14 ||
Ekatrimcat sahasrâṇi vṛttânâṃ ca dvisaptatiḥ |
Tathâ çatasahasraṃ ca chandasy atyashṭisaṃjñite || 15 ||
Dhṛtyâm api hi piṇḍena vṛttam âkalitaṃ mayâ |
Tathâ çatasahasre dve çatam ekaṃ tathaiva ca || 16 ||
Dvishashṭiç ca sahasrâṇi catvârimçac ca yogataḥ |
Catvâri caiva vṛttâni parisaṃkhyâni yâni tu || 17 ||
Atidhṛtyâṃ sahasrâṇi caturvimçatir eva ca |
Tathâ çatasahasrâṇi pañcavṛtaṃ çatadvayaṃ || 18 ||
Ashṭâçîtiç ca vrttâṇi vṛttajñaiḥ kathitâni ca |
Kṛtau çatasahasrâṇi daça proktâni saṃkhyayâ || 19 ||
Catvârimçat tathâshṭau ca sahasrâṇi çatâni ca |
Pañca shaṭsaptatiç caiva vṛttânâṃ parimâṇataḥ || 20 ||
Tathâ çatasahasrâṇâṃ prakṛtau vimçatir bhavet |
Sapta vai gaditaṃ hy atra navatiç caiva saṃkhyayâ || 21 ||
Sahasrâṇi çatam caiva dvipañcâçat tathaiva ca |
Vṛttâni parimâṇena vṛttajñair gaditâni tu || 22 ||
Catvârimçat tathaikaṃ ca lakshâṇâm atha saṃkhyayâ |
Vijñeyaṃ ca sahasrâṇâṃ navatiç caturuttarâ || 23 ||
Çatatrayaṃ samâkhyâtam âkṛtyâṃ caturuttaraṃ |

Jñeyam çatam sahasrânâm açîtis tryadhikâ budhaih || 24 ||
Ashtâçìtih sahasrânâm vrttânâm shat çatâni ca |
Ashtau caiva tu vrttâni vikrtyâm gaditâni tu || 25 ||
Kotih shashtyadhikâ yatra saptasaptâdhikâ tathâ
Sapta caiva sahasrâni vrttânâm ca çatadvayam || 26 ||
Shodaçottaram âkhyâtam samkrtyâm parimânatah |
Kotitrayam câbhikrtyâm pañcatrimçadbhir anvitam || 27 ||
Pañcaçadbhih sahasraiç ca caturbhir adhikais tathâ |
Catushtayaçatânàm ca dvâtrimçadbhih samanvitam || 28 ||
Shatkotayas tathotkrtyâm lakshânâm ekasaptatih |
Catuhshashtih çatâny ashtau sahasrâny ashta caiva hi || 29 ||
Sarveshâm chandasàm pindam kotayo' tra trayodaça |
Çatâni sapta saptaiva sahasrâni daçaiva ca || 30 ||
Tathâ çatasahasrânâm dvicatvârimçad atra hi |
Shadvimçatiç ca vrttânâm ittham cânantyam ucyate || 31 ||
Sarveshâm chandasâm evam vrttàngam kathitam mayà |
Eteshâm tu punar jñeyam trikair vrttapravartanam || 32 ||
Ekam vâ vimçatim vâpi sahasram kotim eva vâ |
Sarveshâm chandasâm eva vrttânâm vâ dvijottamâh || 33 ||
Jñeyâç câshtau trikâs tatra svasamjñâbhih prthak prthak |
Trîny aksharâni vijñeyam triko yah parikalpitah || 34 ||
Gurulaghvaksharakrtah sarvavrtteshu nityaçah |
Gurupûrvo bhakârah syân makâras tu gurutrikam || 35 ||
Jakâro gurumadhyasthah sakâro'ntagurus tathâ |
Laghumadhyasthito rephas takâro'ntalaghuh parah || 36 ||
Laghupûrvo yakâras tu nakâraç ca laghutrayam |
Ete hy ashtau trikâh prajñair bodhavyâ brahmasambhavâh || 37 ||
Lâghavârtham punar amî chandomànam avekshya ca |
Asvarâh sasvarâç caiva procyante vrttalakshane || 38 ||
Gurv ekam gativijñeyam tathâ laghur iti smrtah |
Niyatah pâdavicchedo yatir ity abhidhîyate || 39 ||
Guru dìrgham plutam caiva samyogaparam eva ca |
Sànusvâravisargam ca tathântyam ca laghu kvacit || 40 ||
Sarveshàm eva vrttânâm tadjñair jñeyâ ganâs trayah |

Divyo divyetaraç caiva divyamânusha eva ca ǁ 41 ǁ
Gâyatry ushṇig anushṭup ca bṛhatî paṅktir eva ca |
Trishṭup ca jagatî caiva divyo yaḥ prathamo gaṇaḥ ǁ 42 ǁ
Tathâtijagatî caiva çakvarî câtiçakvarî |
Ashṭir atyashṭir api ca dhṛtiç câtidhṛtir gaṇaḥ ǁ 43 ǁ
Kṛtiç ca prakṛtiç caivâpy âkṛtir vikṛtis tathâ |
Saṃkṛtyabhikṛtiç caiva utkṛtir divyamânushaḥ ǁ 44 ǁ
Gâyatrî dvau trikau jñeyâv ushṇik caivâdhikâksharau |
Anushṭub dvyadhikâ caiva bṛhatî tu trikâs trayaḥ ǁ 45 ǁ
Ekaksharâdhikâ paṅktis trishṭub (hi) dvyadhikâksharâ |
Catus trikâḥ tu jagatî saikâtijagatî punaḥ ǁ 46 ǁ
Çakvarî dvyadhikâ caiva trikâḥ pañcâtiçakvarî |
Ekâdhikâksharâshṭiç ca dvyadhikâtyashṭir ucyate ǁ 47 ǁ
Shaṭ trikâs tu dhṛtiḥ proktâ saikâ câtidhṛtis tathâ |
Kṛtiç ca dvyadhikâ proktâ prakṛtiḥ sapta vai trikâḥ ǁ 48 ǁ
Âkṛtir (api ca saikâ) dvyadhikâ vikṛtis tathâ |
Ashṭa trikâḥ saṃkṛtiḥ syât saikâ câbhikṛtiḥ punaḥ ǁ 49 ǁ
Utkṛtir dvyadhikâ caiva vijñeyâ gaṇalâbhataḥ |
Ata ûrdhvaṃ (tu) pâdânâṃ (mâtrâ)vṛttâçritâ gaṇâḥ ǁ 50 ǁ
Evaṃ tu chandasâm eshâṃ prastâravidhisaṃçrayam |
Lakshaṇaṃ sampravakshyâmi nashṭoddishṭaṃ tathaiva ca ǁ 51 ǁ
Prastâro' ksharanirdishṭaḥ samâtroktas tathaiva ca |
Dvikau glâv iti varṇauktau mandrâv ity api mâtrikâ ǁ 52 ǁ
Guror adhastâc (ca) yasya prastâre laghu vinyaset |
Agratas tu samodeyâ guravaḥ pṛshṭhatas tathâ ǁ 53 ǁ
Prathamaṃ gurubhir varṇair laghubhis tv (avasânakaṃ) |
Vṛttaṃ tu sarvachandasu prastâravidhir esha tu ǁ 54 ǁ
Gurv adhastâl laghu nyasya tato dvir dvir yathoditaṃ |
Nyaset prastâramârgo 'yam aksharoktas tu nityaçaḥ ǁ 55 ǁ
Mâtrâsaṃkhyâvinirdishṭo gaṇair mâtrâvikalpitaḥ |
Çishṭau glâv iti vijñeyaḥ pṛthag vîkshya vibhâgataḥ ǁ 56 ǁ
Mâtrâgaṇo guruç caiva laghunî ca vilakshitaiḥ |
Âryâṇâṃ sa caturmâtraḥ prastâraiḥ parikalpitaḥ ǁ 57 ǁ
Prâkṛtaprakṛtînâṃ tu pañcamâtro gaṇaḥ smṛtaḥ |

Vaitâlîyaṃ puraskṛtya (piṇḍâtrâdyâs) tathaiva ca || 58 ||
Tryâksharâs tu trikâ jñeyâ laghugurvaksharânvitâḥ |
Mâtrâgaṇavibhâgas tu gurulaghvaksharâçrayaḥ || 59 ||
Antyâ dviguṇî tadrûpâ dvir dvir evaṃ guror bhavet ||
Dviguṇam ca laghoḥ kṛtvâ saṃkhyâpiṇḍena nirdiçet || 60 ||
Âdyaṃ sarvaguruṃ jñeyaṃ vṛttaṃ tu samasaṃjñitaṃ |
Koçe tu sarvalaghv antyaṃ miçraṃ ceshâṇi sarvaçaḥ || 61 ||
Vṛttânâṃ tu samânânâṃ saṃkhyâ saṃyojyatâvatî |
Râçyûnam ardhavishamân samâsâd iti nirdiçet || 62 ||
Ekâdyâṃ ca tathâ saṃkhyâṃ chandaso viniveçya ca |
Yâvat pûrṇaṃ tu pûrveṇa pûrayed uttaraṃ tathâ || 63 ||
Evaṃ kuryât tu pûrveshâṃ pûrvaṃ pûrvasya pûraṇam |
Kramân naidhanam ekaikaṃ pratilomam vivarjayet || 64 ||
Sarveshâṃ chandasâṃ vakshye laghvaksharaviniçcayaṃ |
Jâtitaḥ samavṛttânâṃ saṃkhyâṃ saṃkshepatas tathâ || 65 ||
Vṛttâṅgaparimâṇam tu hitvârdhena yathâkramaṃ |
Nyaçel laghu tathâ saikaṃ hitvârdhena guru nyaçet || 66 ||
Evaṃ vinyasya vṛttânâṃ nashṭoddishṭavibhâgataḥ |
Gurulaghvaksharâṇiha sarvachandasu darçayet || 67 ||
Iti chandâṃsi jâtâni mayoktâni dvijottamâḥ |
Dhruvâny eteshu nâtye'smin prayojyâni nibodhata || 68 ||

Iti bhâratîye nâtye çâstre vâcikâbhinaye chandovidhânaṃ
nâma pañcadaço'dhyâyaḥ.

NOTES

V. 1, *a. Trividhaḥ svaraḥ;* ms. *trividhasvarâḥ.*

— — *b. Dhruvam;* ms. *dhruvâ; l'â* est très souvent pour *a* suivi de l'anusvâra.

V. 2, *a. Vidhiḥ;* ms. *vidhim.*

— — *b. Vishamam;* ms. *shadvâ.*

V. 3, *b. Bhurik;* ms. *guruk.*

V. 4, *b. (Yac)chando ;* ms. *sacchando.*

V. 5, *a, Eshâm;* ms. *eshâ. — bhedo naika°;* ms. *bhede neka°.*

V. 6, *a.* Je considère *gâyatriprabhṛtiḥ* comme un composé possessif se rapportant à un substantif masculin sous-entendu signifiant l'ensemble des types métriques « à commencer par la *gâyatri.* »

V. 11, *a. Dvy;* ms. *py* ou *vy.*

V. 12, *a. Shoḍaça;* ms. *shoḍâçâ.*

V. 13, *b. Ashṭâ°;* ms. *ashṭau.*

V. 14, *b Ashṭau;* ms. *ashṭâ.*

V. 15, *a. ekatrimçat;* ms. *ekatrimças.*

V. 17, *b. Parisamkhyâni;* ms. *çatasamkhyâni.*

V. 18, *b. Pañcavṛta°;* ms. *pañcavṛtta°.*

V. 21, *a. Prakṛtau;* ms. *prakṛtâ.*

V. 23, *a. Lakshâṇâm;* ms. *lakshaṇâm.*

— — *b. Vijñeyam ca;* ms. *vijñeyâ shṭa.*

— — *b. Navatiç caturuttarâ;* ms. *navatimç caturushaḍuttarâ.*

V. 24, *b. Açîtis try°;* ms. *acîtisy°.*

V. 25, *b. Caiva;* ms. *ceva. — Vikṛ/yâm;* ms. *jagatyâm.*

V. 26, *a. Sashṭyadhikâ* désigne ici, comme *pañcatrimçadbhir* au vers suivant, les unités qui précèdent les *koṭis* (ou les dizaines de millions), c'est à-dire *soixante* (centaines de mille) ou six millions ; de même le composé insolite qui suit, *saptasaptâdhikâ,* s'applique aux centaines et aux dizaines de mille et signifie *sept* (cent mille) plus *sept* (dizaines de mille) ou soixante-dix mille.

V. 28, *b. Catushṭaya°;* ms. *catushṭayam. — Dvâtrimçadbiḥ samanvitam;* ms. *dvâtrimçat samanvitam.*

V. 29, *a. Lakshâṇâm;* ms. *lakshaṇâm.*

V. 31, *b. Cânantyam;* ms. *cânandyam.*

V. 32, *b. Vṛttáṅgam;* ms. *vṛttaṃca* Cf. v. 66 *a.*

V. 34, *a. Trikás;* ms. *trikas.*

— — *b. Vijñeyam;* ms. *vijñeyá.* — *Triho yaḥ;* ms. *trikoçaḥ.* — *Parikalpitaḥ;* ms. *parikalpi-táḥ.* — Les adjectifs pris substantivement et employés comme expressions techniques de prosodie tels que *trika, akshara, guru, laghu,* etc. reçoivent, à ce qu'il semble, tous les genres dans notre texte, selon le mot sous-entendu auquel l'auteur les fait rapporter mentalement et selon aussi les exigences purement accidentelles du vers. Cf. v. 39, où la liberté prise par l'auteur à cet égard est frappante.

V. 35, *a. Gurulaghv°;* ms. *gurulaghy°.*

— — *b. Gurutrikam;* ms *gurus trikam.*

V. 36, *a. 'ntagurus;* ms. *'ntargurus.*

V. 36, *b. Táкáro' ntalaghuḥ;* ms. *sakáro ntallaghuḥ.*

V. 39, *a. Vijñeyam;* ms. *vijñeyaḥ.*

— — *b. Niyataḥ;* ms. *niyatáḥ.* — *Páda°;* ms. *pada°.*

V. 40, *b. Sánusváravisargam;* ms. *sánusáravisargaç.*

V. 42, *a. Gáyátry ushṇig;* ms. *gáyatṛ shṇig.* — *Pañktir;* ms. *pandatir.*

— — *b. Yaḥ;* ms. *yá.*

V. 43, *a. Tathátijagatî;* ms. *tathátṛijagatî.* — *Cátiçakvarî;* ms. *cátraçakvarî.*

— — *b. Cátidhṛtir;* ms. *cánidhṛtir.*

V. 44, *a. Caivápy ákṛtir;* ms. *caiva vyákṛtir.*

— — *b.* La régularité grammaticale exigerait *samkṛtyabhikṛti,* je conserve néanmoins la leçon du ms. qu'appuient, ce me semble, les licences fréquentes du même genre auxquelles nous avons affaire.

V. 45, *Anushṭub; anushṭa,*

V. 46, *a. Paṅkhtis;* ms. *pañjnis.* — *Trishṭub (hi);* ms. *tṛshṭuvy.*

— — *b. Catustrikáḥ;* ms. *catustriká.*

V. 47, *a. Dvyadhiká;* ms. *vyadhiká.*

— — *b. Ekâ°;* ms. *etá°.*

V. 48, *a. Cátidhṛtis;* ms. *vátidhṛtis.*

— — *b. Trikáḥ;* ms. *triká.*

V. 49, *a. (Api ca saiká);* ms. *vadhikaite.* — *Dvyadhiká;* ms. *vyadhiká.*

V. 50, *a. Utkṛtir;* ms. *utkṛtya.*

— — *b. (tu)* syllabe que je suppléée au premier pâda, où il en manque une au ms. — *pádánám;* ms. *padánám.* — *(Mátrá);* ms. *málá.*

V. 51, *a. °samçrayam:* ms. *°samçrayaḥ.*

— — *b. Nashṭoddishṭam;* ms. *nashṭodishṭam.* — Cf., pour le texte de ce vers et des suivants, *Ind. Stud.* VIII, 427, note * *.

V. 52, *b. Dvikau;* ms. *dvitau.*

V. 53, *a. Guror adhastác (ca);* ms. *gurodathastádád.*

V. 54, *a. (Avasánakam);* ms. *avasánajam.*

V. 55, *a. Gurv adhastál;* ms. *gurv atastál*

— -- *b. °márgo' yam;* ms. *°márgeyam.*

V. 56, *b. Vijñeyaḥ;* ms. *vijñeya.*

V. 57, *b. Caturmátraḥ;* ms. *caturmátrá.*

V. 58, *b. (Piṇḍátrádyás),* leçon du ms., mais qui ne semble pas donner de sens.

V. 59, *b. °laghv°;* ms. *°laghy°.*

V. 61, *b. Sarvalaghv antyam ;* ms. *sarvalaghyantyam.*

V. 62, *b. Rácyûnam ;* ms. *ráochúnam. — °vishamân ;* ms. *°vishamá. —* Cf,. pour le texte de ces vers, *Ind. Stud.* VIII, 326-9.

V. 63, *b. Pûrṇam ;* ms. *ghûrṇam. — Uttaram ;* ms. *uttaras.*

V. 65, *b. Saṃkhyâm ;* ms. *saṃkhyâ.*

V. 66, *b. Hitvâ ;* ms *jitvâ.*

V. 67, *a. Nashṭoddishtavibhâgataḥ ; nashṭorddishṭavibhaṃgataḥ.*

V. 68, *b. Eteshu ;* ms. *evṛteshu.*

Titre. — *Vâcikâbhinaye ;* ms. *vâcikâdinaye.*

SEIXIÈME CHAPITRE

Âdye punar antye pâde guruṇî cet |
Vṛttaṃ tanumadhyâ gâyatrîsamutthâ || 1 || Yathâ
Saṃtyaktavibhûshâ bhrashṭâ (jaḍa)netrâ |
Hastârpitapattrâ kiṃ tvaṃ tanumadhyâ || 2 ||
Laghuguṇa âdye bhavati catushke |
Guruyugam ante (makarakaçîrshâ) || 3 || Yathâ
Svayam upayântâ bhajasi na kântâ |
Dayakarî kiṃ tvaṃ (makarakaçîrshâ) || 4 ||
Ekamâtrâṃ shaṭke syâd dvitîyaṃ pâde |
Khyâtarûpâ vṛtte mâlinî sâ nâmnâ || 5 || Yathâ
Snânagandhâdhikyair vastrabhûshâyogaiḥ |
Vyaktam (evaishâ ˉ) mâlinî prakhyâtâ || 6 ||
Ṛsau trikau yadi pâde aksharaṃ ca gakâraḥ |
Ushnigudgatapâdâ uddhatâ khalu nâmnâ || 7 || Yathâ
Dantakuntakṛtàkaṃ vyâkulâlakaçobhaṃ |
Çaṃsati ˘ ˘ ˉ ˉ nirbhayaṃ ratayuddhaṃ || 8 ||
Pâde yadi (˘ ˉ tsau) samyagviracitârthau |

Ante yadi gakâraḥ syât sâ bhramaramâlâ || 9 || Yathâ
Nânâkusumacitre prâpte surabhimâse |
Eshâ bhramati pushpe mattâ bhramaramâlâ || 10 ||
Rjau tu yasya gau ca pâde samsthitau samau kṛtau cet |
Tâm anushṭubâçrayasthâm jñâpayanti simhalîlâm || 11 || Yathâ
Yat tvayâ hy anekabhâvâc ceshṭitam ratam sugâtri |
Tan mano mama pravishṭam vṛttam atra simhalîlam || 12 ||
Yadâ pade jarau salau gakâra eva ca sthitaḥ |
Anushṭubudbhavam tathâ vadanti mattaceshṭitam || 13 || Yathâ
Vighûrṇitekshaṇâ tathâ vilambitâlakâkulâ |
Asamsthitaiḥ padaiḥ priyâ karoti mattaceshṭitam || 14 ||
Mau gau cântyau yasyâḥ pâde pâdasyânte vicchedaç ca |
Sâ cânushṭubvacchandasy uktâ nityam sadbhir vidyunmâlâ || 15 || (Yathâ)
Sândrâmbhobhir nânâmbhodaiḥ çyâmâkârair vyâptair vyomni |
Âdityâmçuspardhiny eshâ dikshu bhrântâ vidyunmâlâ || 16 ||
    Shaḍ iha yadi laghûni syur
        nidhanagatamakâraç cet |
    Budhajanabṛhatîsamsthâ
        bhavati madhukarî nâmnâ || 17 || Yathâ
    Kusumitam (iha) paçyantî
        vividhatarugaṇaiç channam |
    Vanam anilasugandhâḍhyam
        bhramati madhukarî hṛshṭâ || 18 ||
    Trîṇy âdau yadi hi gurûṇi syuç
        catvâro yadi laghavo madhye |
    Paṅktâv antagatamakârah syâd
        vijñeyâ kuvalayamâlâ sâ || 19 || Yathâ
    Asmims te bhramaranibhe kânte
        nânâratnaracitabhûshâḍhye |
    Çobhâm âvahati çubhâ mûrdhni
        protphullâ kuvalayamâleyam || 20 ||
    Rjau trikau tu pâdagau tu yasyâm
        rgau ca samçritau tathâ samastau |
    Paṅktiyogasupratishṭhitâṅgî

sâ mayûrasâriṇîti nâmnâ ‖ 21 ‖ Yathâ

Naiva te'sti saṃgamo manushye
    nâpi kâmabhogacittam anyat |
Garbhiṇîva dṛçyase hy anârye
    kiṃ mayûrasâriṇi tvam eva ‖ 22 ‖
Bhau tu bhagau giti yasya gaṇâs (tu)
    syâc ca yatis tricaturbhir athoktâ |
Traishṭubham eva ca tat khalu nâmnâ
    dodhakavṛttam iti pravadanti ‖ 23 ‖ Yathâ
Praskhalitâgrapadapravicâraṃ
    mattavighûrṇitagâtravinâmaṃ |
Paçya vilâsini kuñjaram enaṃ
    dodhakavṛttagatiṃ prakaroti ‖ 24 ‖
Âdau dve pañcamaṃ caivâpy ashṭamaṃ naidhanaṃ tathâ |
Gurûṇy ekâdaçe pâde yatra tat toṭakaṃ yathâ ‖ 25 ‖
    Esho'mbudanisvanatulyaravaḥ
        kshîṇaskhalamâna(viḍamba ˘ ˉ) |
    (Çṛutvaugha ˉ) garjitam adritaṭe
        vṛkshân pratikoṭayate dviradaḥ ‖ 26 ‖
Navamaṃ saptamaṃ shashṭhaṃ tṛtìyaṃ ca laghûny api |
Yatraikâdaçake pâde indravajreti sà yathâ ‖ 27 ‖
    Tvaṃ durnirîkshâ duritasvabhâvâ
        duḥkhaiḥ ˘ sâdhyâ ˘ ˘ naikabhâvâ |
    Sarvâsv avasthâsu na kâmatantre
        yogyâsi kiṃ vâ bahunendravajrâ ‖ 28 ‖
Ebhir eva tu saṃyukto laghubhis traishṭubhî yadâ |
Upendravajrâ vijñeyâ laghv âdâv iha kevalaṃ ‖ 29 ‖ Yathâ
    Çriyâ ca varṇena viçeshaṇena
        smitena kântyâ sukumârabhâvât |
    Amî guṇâ rûpaguṇânurûpâ
        bhavanti te kiṃ ca mukhendravandyâ ‖ 30 ‖
Âdyaṃ tṛtìyam antyaṃ ca saptamaṃ navamaṃ tathâ |
Gurûṇy ekâdaçe pâde yatra sâ tu rathoddhatâ ‖ 31 ‖ Yathâ
    Kiṃ tvayâ subhaga dûravarjitaṃ

nâtmano na (suhṛdaḥ priyaṃ kṛtaṃ) |
Yat palâyanaparâyaṇasya te
    yâti dhûlir adhunâ rathoddhatâ || 32 ||
Âdyaṃ tṛtîyam antyaṃ ca saptamaṃ daçamaṃ tathâ |
Gurûṇi traishtubhe pâde yatra sâ svâgatâ yathâ || 33 ||
    (Adya ¯) saphalam âyatanetre
       jîvitaṃ madanasaṃçritabhâvaṃ |
    Âgatâsi bhavanaṃ mama yasmât
       svâgataṃ tava varoru nishîda || 34 ||
Shashṭhaṃ ca navamaṃ caiva laghu syàt traishtubhe sati |
(Caturbhir) âdyair vicchedaḥ sâ jñeyâ çâlinî yathâ || 35 ||
    Çîlabhrashṭe nirguṇe yâḥ pralâpâ
       loke jñâtvâ hy apriyaṃ na bravîshi |
    Âryâçîlaṃ sâdhv ahe tena vṛttaṃ
       mâdhuryàt syâḥ sarvathâ çâlinî tvaṃ || 36 ||
    Yadi so' tra bhavet tu samudrasamas
       trishu câpi tathâ niyamena yatiḥ |
    Satataṃ jagatìvihitaṃ hi tato
       gaditaṃ khalu toṭakavṛttam idaṃ || 37 || Yathâ
Kim idaṃ kavaṭâçrayadurvishahaṃ
       bahugarja(viḍambana)rûkshakathaṃ |
Svajanapriyadurjanabhedakaraṃ
       na tu toṭakavṛttam idaṃ kurute || 38 ||
Ryau trikau tathâ (nyau) yadi khalu pâde
       shaḍbhir eva varṇair yadi ca yatiḥ syât |
Nityasaṃnivishṭâ jagatîvidhâne
       nâmataḥ prasiddhâ kumudanibhâ sâ || 39 || Yathâ
Kâmabâṇaviddhâ kim asi natabhrû
       çîtapâtadagdhâ malinîva ¯ ¯ |
Pâṇḍuvaktra ¯ ¯ katham asi jâtâ
       agrataḥ sakhînâṃ kumudanibhâ tvaṃ || 40 ||
Dvâdaçâksharake pâde saptamaṃ daçamaṃ laghu |
Âdau pañcâkshare chedaç candralekheti sâ yathâ || 41 ||
Vaktraṃ saumyaṃ te padmapattrâyatâksham

kâmasyâbhâsaṃ subhruvaç câvabhâsaṃ |

‾ ‾ ‾ kânte candralekheva bhâsi || 42 ||

Tṛtîyam antyaṃ navamaṃ pañcamaṃ ca yadâ guru |

Dvâdaçâksharake pâde tadâ syât pramitâksharaḥ || 43 || Yathâ

    Smitahâsinî hy acapalâ(pa)rushâ

      nibhṛtâpavâdavimukhî satataṃ |

    Yadi kasya cid yuvatir asti sukhaṃ

      pramitâksharaḥ sa hi pumân jayati || 44 ||

    Yadâ trikau jtau bhavatas tu (‾ pade)

      tathaiva ca jrâv avasânasaṃsthitau |

    Tadâ hi vṛttaṃ jagatîpratishṭhitaṃ

      vadanti vamçasthamatîha nâmataḥ || 45 || Yathâ

    Na (tat) priyaṃ yad bahudânavarjitâ

      kṛtaṃ priyaṃ te parushâbhibhâshaṇaiḥ |

    Tathâ ca paçyâmy aham adya vikramaṃ

      dhruvâ ha vamçasthamatiḥ karishyati || 46 ||

Caturtham antyaṃ daçamaṃ saptamaṃ ca yadâ guru |

Bhavati jâgate pâde tadâ syâd dhariṇaplutaḥ || 47 || Yathâ

    Parushavâkyakaçâbhihatâ tvayâ ˙

      bhayavilokanavâganirikshaṇâ |

    Paratanupratataplutasarpaṇair

      anukaroti gatair hariṇaplutaṃ || 48 ||

Saptamaṃ navamaṃ cântyam upântyaṃ ca yadâ guru |

Dvâdaçaksharake pâde kâmadatteti sâ smṛtâ || 49 || Yathâ

    Karajapadavidûshitâ yathâ tvaṃ

      sudati daçanavikshatâdharâ ca |

    Gatir api caraṇâvalagnamandâ

      tvam asi mṛgasamâkshi kâmadattâ || 50 ||

Âdyaṃ caturtham daçamaṃ saptamaṃ ca yadâ laghu |

Dvâdaçâksharake pâde aprameyâ tathâ hi sâ || 51 || (Yathâ)

    Na te kâ cid anyâ samâ dṛçyate strî

      guṇair vâ dvitîyâ tṛtîyâpi vâsmin |

    Mameyaṃ matir lokam âlokya sarvaṃ

jagaty aprameyâ visṛshṭâ vidhâtrâ || 52 ||
Râs trikâḥ sâgarâkhyâ nivishṭâ yadâ
    syâd (dvitîye) trike yuktarûpâ yatiḥ |
Saṃnivishṭâ jagatyâṃ tataḥ sâ budhair
    nâmataç câpi saṃkîrtyate padminî || 53 || Yathâ
Dehitoyâçayâ vaktrapadmotpalâ
    netrabhṛṅgâkulâ dantahaṃsaiḥ sitâ |
Keçapâç(âcchadâ) cakravâkastanî
    padminîva priye bhâsi me sarvadâ || 54 ||
Yadi caraṇanivishṭau nau tathâ myau
    yatividhir api yuktyâshṭâbhir ishṭâ |
Bhavati (ca) jagatîsthaḥ (sarvadâsâv)
    iha hi tu puṭavṛttaṃ nâmatas tu || 55 || Yathâ
Upavanasalilânâṃ bâlapadmair
    bhramaraparabhṛtânâṃ ‾ ˘ ‾ ‾ |
Samadagativilâsaiḥ kâminînâṃ
    kathayati puṭavṛttaṃ pushpamâsaḥ || 56 ||
Dvitîyaṃ ca caturthaṃ ca navamaikâdaçau guru |
Vicchedo'tijagatyâṃ ca caturbhis tu prabhâvatî || 57 || Yathâ
    Kathaṃ cid (âkulita)viçâlalocane
        gṛhaṃ ghanair pihita ˘ ‾ niçâcare |
    Acintayanty abhinavavarshavidyutaḥ
        samâgatâ sutanu yathâ prabhâvatî || 58 ||
Trîṇy âdâv ashṭamopântye daçamaṃ naidhanaṃ tathâ |
Gurûṇy atijagatyâṃ tu tribhiç chedaḥ praharshaṇî || 59 || Yathà
Bhâvasthair madhurakathaiḥ subhâvitair vâ
    sâṭopâskhalitavilambitair gataiç ca |
Nânâṅgair harasi manâṃsi kâmukânâṃ
    suvyaktaṃ hy atijagatî praharshaṇî tvaṃ || 60 ||
Shashṭhaṃ ca saptamaṃ caiva daçamaikâdaçaṃ laghu |
Trayodaçàkshare pâde jñeyaṃ mattamayûrakam || 61 || Yathâ
Vidyunnaddhâḥ sendradhanudyotitadehâ
    vâtoddhûtâç citrabalâkâkṛtaçobhâḥ |
Ete meghâ garjitanâdojjvalacihnâḥ

prâvrtkâlam mattamayûrâh kathayanti ‖ 62 ‖
Âdau dve ca caturtham câpy ashtamaikâdaçe guru |
Antyopântye ca çakvaryâm vasantatilakâ yathâ ‖ 63 ‖
Citrair vasantakusumaih ˘ ˘ keçahastâ
  sragdâmamâlyaracanâsuvibhûshitângî |
Nâgâvatamsitavibhûshitagandapâlî
  sâkshâd vasantatilakeva vibhâti nârî ‖ 64 ‖
Pañcâdau çakvarîpâde gurûni trîni naidhane |
Pañcâksharâdau ca yatir asambâdhâ (hi) sâ yathâ ‖ 65 ‖
Mânî lokajñah çrutakula ˘ ˘ çîlâdhyo
  yasmin sammânam asadrçam adhikam paçyet |
Gacchemam tyaktvâ drutagatir aparam deçam
  kîrnâ nânârthair ˘ avanîyam asambâdhâ ‖ 66 ‖
(Catur) âdau gurûni syur daçamaikâdaçe tathâ |
Antyopântye (ca) çakvaryâh pâde tu çarabhâ yathâ ‖ 67 ‖
Eshâ kântâ vrajati lalitâ vepamânâ
  (âgacchantî) vanam urunagaih sampravrddham |
Hâhâ kashtam kim idam iti no ˘ ˘ ûdham
  vyaktam krodhâc charabhalalitam hantukâmam ‖ 68 ‖
Âdau shad dacamam caiva laghûni syus trayodaçam |
Yatra pañcadaçe pâde jñeyâ nândìmukhîti sâ ‖ 69 ‖ Yathâ
Na khalu vata kadâ cit krodhatâmrâyatâksham
  bhrukutilavalibhangam drshtapûrvam tavâsyam |
Kim iha bahubhir uktair yâ mamaishâ hrdisthâ
  tvam asi madhuravâkyâ devi nândîmukhî ca ‖ 70 ‖
Bhrau yadi nâç ca nityam iha caranaviracitâ
  gaç ca tathâ ca vai bhavati nidhanam upagatah |
Syâd api câshtim eva yadi satatam anugatam
  tat khalu vrttam atra vrshabhagajavilasitam ‖ 71 ‖ Yathâ
Toyadharah sudhîraghanapatupa(ta)haravah
  sarvakadambanîpakutacakusumasurabhim |
(Kandala)sendragopa ˘ ˘ racitam avanitalam
  vîkshya karoty asau vrshabhagajavilasitakam ‖ 72 ‖
Yadâ (ymau) pâde (nsau) bhavata iha ced (rgau) tathâdau

tathâ shaḍbhiç cânte yatir api ca varṇair yadâ syât |
Tad apy ashtau (nityaṃ) samanugatam evoktam anyaih
    prayogajñair vṛttaṃ pravaralalitaṃ nâmatas tu || 73 || Yathâ
Nakhâlîdham gâtraṃ daçananihataṃ caushṭhagaṇḍaṃ
    çirah pushpair miçraṃ pravilulitakeçâlakântaṃ
Gatir mandâ caivaṃ vadanam api sândrântanetram
    aho çlâghyaṃ vṛttaṃ pravaralalitaṃ kâmaveshaṃ || 74 ||
Caturbhis tasyaiva pravaralali(ta)sya trikagaṇair
    yadâ bhlau gaç cânte bhavati caraṇe’ tyashṭigadite |
Yadâ shaḍbhiç chedo bhavati yatimargeṇa vihitas
    tadâ vṛtte vaishâ khalu çikhariṇî nâma gaditâ || 75 || Yathâ
Mahânadyâ bhoge pulinam iva te bhâti jaghanaṃ
    tathâsyaṃ netrâbhyâṃ bhramarasahitaṃ paṅkajam iva |
Tanusparçaç câyaṃ (bhavati) sukumâro na parushah
    stanâbhyâṃ tuṅgâbhyâṃ çikhariṇîuibhâ bhâsi dayite || 76 ||
Yadi hi caraṇe nsau mrau slau gah kramâd viniveçitâ
    yadi khalu yatih shaḍbhir varṇais tathâ daçabhih punah |
Yadi ca vihitaṃ syâd atyashṭiprayogasukhâçrayaṃ
    vṛshabhalalitaṃ vṛttaṃ jñeyaṃ tadâ hariṇîti vâ || 77 || Yathâ
Jalaninadaṃ çrutvâ garjaṃ madoccayadarpito
    vilikhati mahîm darpâc chṛṅgair mṛgah (pratinâdayan) |
Sa yuvativṛto goshṭhâd goshṭhaṃ prayâti ca nirbhayo
    vṛshabhalalitaṃ citraṃ vṛttaṃ karoti ca çâdvale || 78 ||
Mbhau ntau ca syuç caraṇaracitau tgau ca (gaç ca pratishṭhâ)
    chedaç ceshṭo yadi ca daçabhih syât tathâdyaiç caturbhih |
Atyashṭau ca pratiniyamitâ varṇatah spashṭarûpâ
    yâ vijñeyâ dvijamunigaṇaih çrîdharâ nâmataç ca || 79 || (Yathâ)
Snânaiç cûrṇaih sukhasurabhibhir gandhalepaih sudhûpaih
    pushpaiç cânyaih çirasi racitair vastrayogaiç ca tais taih |
Nânâratnaih karakakhacitair aṅgasambhogasaṃsthair
    vyaktâ kânte kamalanilayâ çrîdharâ tvaṃ vibhâsi || 80 ||
Âdyaṃ caturthaṃ shashṭhaṃ ca daçamaṃ naidhanaṃ guru |
Tad vaṃçapattrapatitaṃ daçabhih saptabhir yatih || 81 || Yathâ
Esha gajo’drimastakataṭe kalabhaparivṛtah

krîdati vrkshagulmagahane kusumabharanate |
Megharavam niçamya muditah pavanajavavaçât
    sundari vamçapattrapatitam punar api kurute || 82 ||
Yadâ dvir uditau hi pâdam abhisamçritau jsau trikau
    tathaiva ca punas tayor nidhanam âçritau (ylau ca gah) |
Sadâshtir iti pûrvikâ yatir api svabhâvâd yadâ
    vilambitagatis tadâ nigaditâ dvijair nâmatah || 83 || Yathâ
Vighûrnitavilocanâ prthuvighûrnahârâ punah
    pralambaracanâ calatskhalitapâdamandakramà |
Na me ſrîya(karam) janasya bahumânarâgena yan
    madena vivaçâ vilambitagatih krtâ tvam priye || 84 ||
Pañcâdau pañcadaçakam dvâdaçaikâdaçe guru |
    caturdaçam (ante) dve ca citralekhâ budhaih smrtâ || 85 || Yathâ
Nânâratnâdhyair bahubhir adhikam bhûshanair angasamsthair
    nânâgandhâdhyair madanajananair angarâgair vicitraih |
Keçaih snânâdhyaih kusumaracitais taih   ˘ ˉ ˉ ˘ ˉ ˉ
    kânte samkshepât kim iti bahunâ citralekheva bhâsi || 86 ||
Msau jsau tau gatha ca prayoganiyatau yasmin nivishtâs trikâ
    âdyâ câtra yatiç catustrikayutâ jñeyâ (tathâ) saptabhih |
Nityam yat padam âçritam hy atidhrtim nityam kavînâm priyam
    tad jñeyam (pada)vrttajâtanipunaih çârdûlavikrîditam || 87 || Yathâ
Nânâçastra ˘ ˉ ˘ tomarahatah prabhrashtasarvâyudhâ
    nirbhagnodarabâhuvaktranayanâ nirbhâsitâh çatravah |
Dhairyotsâhaparâkramaprabhrtibhis tais tair vicitrair gunair
    vrttam te ripughâti ˉ ˘ samare çârdûlavikrîditam || 88 ||
Mrau bhnau ybhau lgau ca samyag yadi ca (hi) vihitâh pâde kramavaçâd
    vicchedah saptabhih syât punar api ca yatih saptâksharakrtâ |
Yady eshâ samçritâ syât krtim api ca punah çishtâksharapadâ
    vidvadbhir vrttajñais (tattvata) iha gaditâ nâmnâ suvadanâ || 89 || Yathâ

. . . .
        . . . . || 90 ||
Mrau bhnau yau yaç ca samyag yadi hi viracitâh syus trikâh pâdayoge
    varnaih pûrvopadishtair yatir api ca punah saptabhih saptabhih syât |
Vrttam samyag yadi syât prakrtim anugatam tattvavidbhih pradishtam

vijñeyaṃ vṛttajâtau kavivaradayitaṃ sragdharaṃ nâmatas tu || 91 || Yathâ
Lûtâçokâravindaiḥ kuravakuṭilakaiḥ karṇikâraiḥ çirîshaiḥ
  puṃnâgaiḥ pârijâtaiḥ svakulakuravakaiḥ kiṃçukaiḥ sâtimuktaiḥ |
Etair nânâprakârair adhikasurabhibhir viprakîrṇaiç ca tais tair
  vâsantaiḥ pushpavṛndair naravaravasudhâ sragdharevâdya bhâti || 92 ||
Bhrau caraṇe yadâ viniyatau trikau kramavaçât tathâkṛtividhau
  nrau ca tataḥ paraṃ ca niyatau tathântaram api ˘ ˉ ˘ ˘ punaḥ |
Syâc ca daçasthavarṇaviratiḥ (sadaiva tu) samartham eva racitaṃ
  bhadrakavṛttam eva khalu ˉ ˘ ˉ ˘ kuçalaiḥ smṛtau (ca) gaditaṃ || 93 || Yathâ
Udyatam ekahastacaraṇaṃ dvitîyakararecakaṃ salalitaṃ
  vaṃçamṛdaṅgavâdyamadhuraṃ vicitrakaraṇânvitaṃ bahuvidhaṃ |
Madrakavṛttam eva subhagair vidagdhagatibhiḥ ˘ ˉ salilatair
  nitya(suvidrûtâ)kulapadaṃ varoru lalitakriyaṃ samabhavat || 94 ||
Yadi ca nakârasaṃjñakagaṇaḥ pade viracitas tathaiva ca lagau
  yadi ca jabhau jabhâv api jabhau krameṇa na khalûktam anyad aparaṃ |
Yadi ca samâçritaṃ hi vikṛtiṃ yatiç ca daçabhis tathaikasahitais
  tad iha sukîrtitaṃ kavigaṇair viçuddhiparîtais tataç ca lalitaṃ || 95 ||
Rathahayanâgayaudhapurushaiḥ sasâkulam alaṃ(kṛtaṃ) samuditaṃ
  ˘ ˘ çaraçaktikuntaparighâsiyashṭivivṛtaṃ ca saṃpraharanaṃ |
    ˘ ˘ ˘ ˉ ˘ ˉ ˘ ˘ ˘ ˉ ˘ ˘ ˘ ˘ ˘ ˉ ˘ ˘ ˘ ˉ
  ˘ ˘ abhivîkshya saṃyugamukhe samîpsitaguṇaṃ tvayâ ca lalitaṃ || 96 ||
    Yadi khalu caraṇasthitau nau trikau
      shaṭ tu râkhyâḥ sthitâs taiḥ paraṃ syât kramâd
      bhavati yadi yatis tathâ saptabhiḥ
      saptabhiç câksharaiḥ sadbhir uktâksharâ |
    Satatam upanivishṭadehâ tathâ
      saṃskṛtau sûribhiḥ saṃyatâ dṛçyate
      ata iha paribhâshitâ çâstravidbhis
      tv iyaṃ meghamâlâtha vâ (daṇḍikâ || 97 || Yathâ
    Pavanabalasamâhatâ tîvranâdâ
      balâkâvalîmekhalâçobhitâ
      kshitidharasadṛça(tva)rûpâ
      mahânîladhûmañjanâbhâmbugarbhopamâ |
    Surapatidhanurujjvalâ

bandhakashyâtatidyotasannâ ˘ ¯ ojjvalà
gaganatalavisârini prâvrdadbhyonnatâ
meghamâlâdhikam çobhate || 98 ||
Bhmau yadi pâde sbhâv api ceshtâv
abhikrtir iha khalu budhajanavihitâ
nâç ca samudrâh syur vinivishtâ
yadi ca khalu gurur iha nidhanagamitah |
Pañcabhir âdau ced yatir ishtâ
punar api yatir iha yadi khalu daçabhih
krauñcapadeyam vrttavidhâne
suraganapitrganamunibhir abhihitâ || 99 || Yathâ
Yâ kapilâkshî piṅgalakeçî kalirucir
anudinam anunayakathinâ
dîrghatarâbhih sthûlaçirâbhih
parivrtavapur atiçayakuṭilagatih |
Âyatajaṅghâ nimnakapolà
laghutarakucayugaparigatahrdayâ
sâ parihâryà krauñcapadâ strî
dhruvam iha niravadhi sukham abhilashatâ || 100 ||
Yasmin (mau tnau nau rsau) nityam prati caranam
atha ca (tu lagau trikau) hy anupûrvaçah
shadvimçâyâm etasyâm sà yadi khalu yatibhir
abhihitâ caturbhir athâshṭabhih |
¯ ¯ ¯ ¯ ¯ ¯ ¯ yadi bhavati
manujadayitam samâçritam utkrtau
namnâ vrttam loke khyâtam
Kavivadanavikasanaparam bhujaṅgavijrmbhitam || 101 || Yathâ
Rûpopetâm devaih pushṭam samadagajavilasitagatim
nirîkshya ˘ ¯ ˘ ¯
¯ ¯ ¯ ¯ prâptâm drashṭum bahuvadananayanasahitam
tirahkrtavân harah |
Dîrgham niçvasyântargûḍham
stanavadanajaghanakalitâm nirîkshya tathâ punah
pushṭam nyastam devendrena ˘ ˘ ˘

maṇikanakavalayaṃ bhujaṅgavijṛmbhitaṃ || 102 ||
Dandakaṃ nâma vijñeyam · · · · · aksharaṃ
Meghamâlâ · · · · câdau nau · · · · · || 103 || Yathâ
Muditaja(na)padâkulâ sphîtasasyâkarâ
    bhûtadhâtrî bhavantaṃ samabhyarcate
    dviradakaraviluptahintâlatâlîvanâs
    tvâṃ namasyanti vindhyâdayaḥ parvatâḥ |
Sphaṭikakalaçagîrṇamuktâvalî ‾ ˘ ‾
    ûrmihastair namasyanti vaḥ sâgarâ
    muditajalacarâkulâḥ samprakîrṇâmalâḥ
    kîrtayantîva kîrtiṃ mahânimnagâḥ || 104 ||
Etâni samavṛttâni mayoktâni dvijottamâḥ |
Vishamârdhasamânâṃ tu punar vakshyâmi lakshaṇaṃ || 105 ||
Yatra pâdâs tu vishamâ nânâvṛttasamudbhavâḥ |
Grathitapâdayogena tad vṛttaṃ vishamaṃ smṛtaṃ || 106 ||
Samâv ekântarau pâdau dvau dvâv ardhasamau smṛtau |
Sarvapâdais tu vishamair vṛttaṃ vishamam ucyate || 107 ||
Hrasvâdyam atha dîrghâdyaṃ dîrghaṃ hrasvam athâpi vâ |
Yugmaujavishamaiḥ pâdair vṛttam ardhasamaṃ smṛtaṃ || 108 ||
Pâde siddhe samaṃ siddhaṃ vishamaṃ sarvapâdikaṃ |
Pâdadvayasya saṃsiddhau siddham ardhasamaṃ punaḥ || 109 ||
· · · yan mayâ proktaṃ samavṛttavikalpanaṃ |
Trikair vishamavṛttânâṃ sampravakshyâmi lakshaṇaṃ || 110 ||
Naidhanâbhyantarasyartaṃ prathame pâday ishyate |
Dvitîye caraṇe ca syâd · · · · · · · · || 111 ||
Sau gau ca prathame pâde srau glau câpi dvitîyake |
Evam yugmaujakau jñeyau pathyâvṛtte trikau yathâˈ || 112 ||
Priyadaivatamitrâsi priyasambandhipaṇḍavâ |
Priyadânava ‾ ˘ ‾ yady api tvaṃ priyâsi me || 113 ||
Yugmayor lakshaṇaṃ hy etad viparîtaṃ tu yatra tu |
Pathyâ hi viparîtâ sâ vijñeyâ nâmato budhaiḥ || 114 || Yathâ
Kṛtena maraṇaṃ yasya sa · · · · · · |
Tvam (jvalanena) mohitâ viparîtâ ˘ pathyâsi || 115 ||
Caturthâd aksharâd yatra trilaguḥ syâd ayuk(padaḥ) |

Anushṭub vipulâ sâ tu vjñeyâ nâmato yathâ ‖ 116 ‖

Na khalv asyâḥ (priyatamaṃ) çrotavyaṃ vyâhṛtaṃ sakhyâ |

(Narasya hi) pratikṛtiḥ çruyate vipulâbhidhâ ‖ 117 ‖

Gurvaksharâyuji jñeyâ laghutvât saptamasya tu |

Sarvatra saptamasyaiva keshâṃ cid vipulena tu ‖ 118 ‖   Yathâ

Saṃkshiptâ vajravan madhye hemakumbhanibhastanî |

Vipulâsi priye kaṭyâṃ çaraccandranibhânane ‖ 119 ‖   Yathâ vâ

Gangeva meghopagame âplâvitavasundharâ |

Kalavṛkshân ârujatî sravantî vipulân vanân ‖ 120 ‖

Evaṃ vipulayogâs tu pathyâpâde bhavanti hi |

Yugmaujavishamaiḥ pâdaiḥ çeshair anyais trikair yathâ ‖ 121

Gurv(antakṛt) sarvalaghus triko nityaṃ hi neshyate |

Prathamâd aksharâd yatra caturthaḥ prâglaghuḥ smṛtaḥ | 122 ‖

Pathyâpâdaṃ samâsthâya trîṇy antato gurûṇy atha |

Bhavanti pâde satataṃ yatra tad vṛttam ishyate ‖ 123 ‖   Yathâ

Dantakshatâdharaṃ subhrûr jâgaraglânanetraṃ ca |

Râgasaṃbhogakhinnaṃ te darçaniyatamaṃ vaktraṃ ‖ 124 ‖

(Msau gau) ca pâde prathame (ysau lgau) câpi dvitîyake |

Rabhau lagau tṛitîye ca caturthe tu (yarau) lagau ‖ 125 ‖   Yathâ

‾ ‾ ‾ ˘ ˘ ‾ mitraṃ na sambandhiguṇakriyâ |

Sarvathâ sarvavishamâ pathyânashṭâv asi priye ‖ 126 ‖

(Sajasalâ) âdau tathâ nasajagâç ca yugmake

· · · · · · · · bhnau jlau gaç ca tṛtîyake

Sjau sjau gaç ca turîye tu udgatâyâṃ prakîrtitâḥ ‖ 127 ‖   Yathâ

Tava romarâjir abhibhâti sutanu madanasya mañjarî |

Nâbhikamalavivarotpatitâ bhramarâvalîva kusume samudgatâ ‖ 128 ‖

Sajau salau ca lalite (pûrvoktâs tu) dvitîyake |

Nau sau ca tṛtîyake tu dviḥ sjau gaç ca caturthake ‖ 129 ‖   Yathâ

Lalitâkulâkulitacâruvasanakarapallavâ hi me |

Pravikasitakamalakântamukhî pratibhâsi devi suratâçramâturâ ‖ 130 ‖

Ity eshâ sarvavishamâ nâmato'nushṭub ucyate |

Dvidhâ mataṃ hi vaishamyaṃ trikâd aksharatas tathâ ‖ 131 ‖

Sjau sgau ca prathame pâde tathâ çaiva tṛtîyake |

Ketumatyâṃ gaṇâḥ proktâ (bharanagagâç ca) budhaiḥ ‖ 132 ‖   Yathâ

Sphuritâdharaṃ valitanetraṃ ‾ ˘ ‾ ˘ ˘ ‾ ˘ ˘ ‾ |
Kim idam rushâpahṛtaçobhaṃ ketumatîmukhâkṛtimukhaṃ ca || 133 ||
. Prathame ca tṛtîye ca nau ro'tha lgau ca kîrtitâḥ |
Gaṇâç câparavaktre tu najau jrau dvicaturthayoḥ || 134 || Yathâ
Sutanu jalaparîtalocane jaladaniruddham ivendumaṇḍalaṃ |
Kim idam aparavaktram eva te mama tu ˘ ‾ ˘ manoharaṃ mukhaṃ || 135 ||
Nau ryau tu prathame pâde njau jrau gaç ca tathâpare |
Pâde tu pushpitâgrâ sâ yathaitâv aparau tathâ || 136 || Yathâ
Pavanarayavidhûtacâruçâkhaṃ pramuditakokilakaṇṭhanâdaramyaṃ |
Madhukararavagîyamânavṛkshaṃ varatanu paçya vanaṃ
　　　　　　supushpitâgraṃ || 137 ||
Pâde shodaçamâtrâḥ syus trikâṃçakavikalpataḥ |
Caturbhir aṃçake jñeyâ vṛttajñair vânavâsikâ || 138 || Yathâ
Asaṃsthitapadâ · · · madaskhalitaceshṭitair manojñâ ||
Yathâsyasi varoru (suraṭakâle) vishamâ kiṃ vânavâsikâ tvaṃ || 139 ||
Evam etâni vṛttâni samâni vishamâṇi ca |
Nâṭakâdishu kâvyeshu prayoktavyâni sûribhiḥ || 140 ||
Antarâṇy api vṛttâni yâny uktânîha paṇḍitaiḥ |
Na ca tâni prayojyâni na çobhâṃ janayanti yat || 141 ||
Yâny ataḥ param atra syur gìtakais tâni yojayet |
Dhruvavidhâne vyâkhyâsye teshâṃ caiva vikalpanaṃ || 142 ||
Vṛttalakshaṇam etat tu samâsena mayoditaṃ |
Ata ûrdhvaṃ pravakshyâmi âryâṇâm api lakshaṇaṃ || 143 ||
Pathyâ ca vipulâ caiva capalâ mukhato parâ |
Jaghane capalâ caiva âryâ pañcavidhâ smṛtâ || 144 ||
Àsâṃ caiva pravakshyâmi yatimâtrâvikalpanaṃ |
Lakshaṇair niyatângaiç ca vikalpân gaṇasaṃçritân || 145 ||
Yatir vicchedo vijñeyaç caturmâtro gaṇas tathâ |
Dvitìyântyau yujau pâdau ceshau caivâyujau smṛtau || 146 ||
Gurumadhyavihînas tu caturbhedasamanvitaḥ |

　　. · · · · · · · · · · · · · · · || 147 ||

　　. · · · · · · · · · · · · · · |

Dvivikalpaḥ syàn naidhane hy ekamâtrasaṃsthitaḥ · || 148 ||
(Antyârdhe) yo gaṇaḥ sashtha ekamâtraḥ sa ucyate |

Dvivikalpas tu shashtho'tra gurumadhyo bhavet tu sah || 149 ||
Tathâ sarvalaghuç caiva yatisamjñâsamâçritah |
Sa dvitîyâdir laghuni saptame prathamâd yatih || 150 ||
Prathamâdir athânte ca pañcame tu vidhîyate |
Ganeshu (trishu câdishu) yasyâh pathyâ tu sambhavet || 151 ||
Prathame ca dvitîye ca sâ tv âryâ vipulâ matâ |
Dvitîyam ca caturtham ca jagatau gurumadhyagau || 152 ||
Yasyâh syât pâdayoge tu vijñeyâ capalâ tu sâ |
Mukhe syân mukhacapalâ syâd anyâ jaghane tathâ || 153 ||
Ubhayor ardhayor etal lakshanam drçyate yadi |
Vrttajñaih sâ tu vijñeyâ sarvataç capalâ tathâ || 154 ||
Trimçanmâtrâs tu pûrvârdhe vimçatih sapta câpare |
Ubhayor ardhayor jñeyo mâtrapindo'pi bhâgaçah || 155 ||
·   ·   ·   ·   ·   ·   ·   · tâni dvigunitâni tu |
Aksharatrayayuktâni jñeyâny atra laghûni tu || 156 ||
Etâni laghusamjñâni nirdishtâni samasâtah |
Sarvâsâm eva câryânâm aksharâni yathâkramam || 157 ||
Sarveshâm jâtivrttânâm pûrvam uttarasamkhyayâ |
Vikalpam ganayitvâ ca samkhyâm pindena nirdiçet || 158 ||
Âryâgîtir athâryaiva kevalam tv ashtabhir ganaih |
Itaraç câpi shashthah syât sa vikalpe bhaved ganah || 159 ||
Vrttir evam tu vividhair nânâchandahsamudbhavaih |
Kâvyabandhas tu kartavyah shattrimçallakshanânvitah || 160 ||

Iti bhâratìye nâtyaçâstre chandovicitir nâma shodaço'dhyâyah

NOTES

V. 1, *a.* *Antye;* ms. *anye.*

— — *b.* *Tanumadhyâ;* ms. *tanumadhyâm.* — *Gâyatrîsamutthâ;* ms. *gâyamtrîsamutthâḥ.* Assez souvent dans Bharata *î* final d'un féminin, comme ici dans *gâyatrî*, ne compte prosodiquement que pour une brève. Cf. ci-dessous v. 4 *b*, 39 *b*, 40 *a*, 66 *b*, 76 *b*, et 95 *b*.— *Yathâ;* ms. *tathâ.*

V. 2, *a.* *°vibhûshâ;* ms. *bhûshaṇâ* qui dérange le mètre. — *(jaḍa);* ms. *jana.*

V. 3, *a.* *Âdye;* ms. *âdyo.*

— — *b.* (*Makarakaçîrshâ*) ms. *makarakaçîrshe* et, plus bas, v. 4, *makarakarcîshâ*, contrairement au mètre.

V. 4, *b.* *Dayakarî;* v. *Dict. Saint-Pétersb.* pour la forme *daya* masc. qui n'était connue jusqu'ici que par les lexiques. — Remarquer pour *makarakaçîrshâ* et, plus haut, pour *kântâ* et *tanumadhyâ*, v. 2, qu'on a la forme du nominatif au lieu du vocatif que le sens semble exiger; la même irrégularité se présente encore en divers endroits.

V. 5, *b.* *°rûpâ;* ms. *rûpam.*

V. 6, *a.* *Snâna°;* ms. *snânu.*

— — *b.* (*Evaishâ* ⁻); ms. *eveshâ*, suivi d'une syllabe illisible.

V. 7, *a.* *Rsau;* ms. *dvau.*

— — *b.* *°udgata°;* ms. *°uddhata°*, comme plus loin dans le même vers; peut-être est-ce la vraie leçon, quoiqu'elle convienne moins bien au sens que celle que j'ai admise.

V. 8, *a.* *°kṛtâkam;* ms. *kṛtâkâ.* — Je pense qu'on peut avoir ici le subs. *aka* peine, douleur, indiqué par différents lexiques. V. *Dict. Saint-Péters.* à ce mot.

— — *b.* (˘ ˘ ⁻ ⁻); ms. *patapâsyan*, forme corrompue sous laquelle il est difficile de découvrir la bonne leçon.

V. 9, *a.* *Yadi* (˘ ⁻ *tsau*); ms. *yati divinishṭau.* — *°ârthau;* ms. *arthâ :*

V. 11, *a.* *Rjau;* ms. *jana.* — *Yasya* est en accord avec un substantif, comme *vṛttasya* ou *chant dasas*, sous-entendu.

V. 12, *a.* *Sugâtri;* ms. *sugatra.*

V. 13, *a.* *Pade* avec *a* bref pour le besoin de mètre.

— — *b.* *°udbhavam;* ms. *°udbhâvam.*

V· 15, *a.* *Yasyâh;* ms. *yasyâm.*

— — *b.* *Sâ;* ms. *sa.* — (*Yathâ*) manque au ms.

V. 16, *b.* *Dikshu;* ms. *Dishu.*

V. 17, *a.* *Laghûni;* ms. *ghûni.* — *Nidhana°;* ms. *nidhanana°.*

V 18, *a. Kusumitam (iha)*; ms. *kusumitatadi.*

— — *b. °ádhyam*; ms. *áhyam.*

V. 19, *a. Tríny*; ms. *trínyány.*

— — *b. Vijñeyá*; ms. *vijñeyam.*

V. 20, *a. Protphullá*; ms. *prophullá.*

V. 21, *a. Rjau*; ms. *rajau.* — *Rgau*; ms. *ga.*

— — *b. °sáriní°*; ms. *°sáraní°.*

V. 22, *b. °iva*; ms. *ivah.*

V. 23, *a. Gaṇás (tu)*; ms. *gaṇás sa.*

V. 24, *a.* La leçon *°vindmam* est peu sûre; je la conserve à défaut de mieux.

V. 24, *b. Enam*; ms. *enám.*

V. 25, *a. Âdau*; ms. *ádá.* — *Caivápy*; ms. *caivádvy.*

V. 26, *a. Esho' mbuda°*; ms. *eshámbuda°.* — *(Viḍamba ˘ ˉ)*; ms. *viḍambati.*

— — *b. (Crutvaugha ˉ)*; ms. *çrutvághau.* — *Dviradaḥ*; ms. *dvirataḥ.*

V. 27, *a. Saptamaṃ shashṭhaṃ tṛtiyam*; ms. *saptakáshankáyantítryam.*

V. 28, *a. ˘ Sadhyá ˘˘*; ms. *kasádhyákaratri.*

V- 29, *b. Laghv ádáv*; ms. *laghádáv.*

V. 31, *a. Âdyam*; ms. *ádyas.*

V. 32, *a. (Suhṛdaḥ priyaṃ kṛtam)*; ms. *suhṛdáḥ priyaṃ kṛtá.*

V. 34, *a. (Adya ˉ)*; ms. *ádya.*

V. 35, *a. Syát*; ms. *syá.*

— — *b. (Caturbhir)*; ms. *yadibhir.*

V. 36, *a. Yáḥ pralápá*; ms. *yá pralopá.*

— — *b. Sádhv*; ms. *saddhv.* — *Mádhuryát syát*; ms. *mádhuryá syat.*

V. 37, *a. °samaḥ*; ms. *samam.* — *Trishu*; ms. *dishu.*

— — *b. °vṛttam idam*; ms. *vṛttim ida.*

V. 38, *a. Kavaṭa°*; le *Dict. de Saint-Péters.* ne connaît que *kaváṭa* et *kavaṭi.* — *°viḍambana°*; ms. *°digotbana°.* — *°katham*; ms. *kathá.* Je considère ce mot comme le dernier terme d'un composé possessif en rapport avec *idam.*

— — *b. Toṭaka*; ms. *koṭaka.* — *Kurute*; ms. *kurushe.*

V. 39, *a. Ryau*; ms. *yau.* — *(Nyau)*; ms. *glagau.*

— — *b. °vidháne*; ms. *vidhone.* — *Kumuda°*; ms. *kumudi°.*

V. 40, *a.* Il y a au ms. une lacune de deux syllabes à la fin du deuxième pâda.

— — *b. °vahtra ˉ ˉ*; *°vaktráçoshṭá.* — *Sakhínám*; ms. *sakhiná.*

V. 41, *b. °lekheti*; ms. *çeveti.* — *Yathi*; ms. *yadá.*

V. 42, *a. °áyatá°*; ms. *°áyata°.* — *Subhruvaç*; ms. *svabhruvoç.*

— — *b.* La leçon du ms. pour le troisième hémistiche et le commencement du quatrième est absolument corrompue : *Kámasyavibhaṃ kámamáhattukámakámántyábam.*

V. 43, *b. Tadá*; ms. *kadá.* — *Pramitá°*; ms. *pratimá°.*

V. 44, *a. °á(pa)rushá*; ms. *drushá.*

— — *b. Yuvatir*; ms. *uvatir.* — *°aksharaḥ*; ms. *akshará.*

V. 45, *a. Yadá*; ms. *yadam.* — *Trikau*; ms. *triko.* — *Jtau*; ms. *bjau.* — *(ˉ pade*; ms. *pádas.*

V. 45, *b. Vṛttam*; ms. *vṛtta.* — *°pratishṭhitam*; ms. *tishṭhitam.* — *°matiha*, forme insolite donnée par le ms. et confirmée par le mètre.

V. 46, *a. (Tat)* syllabe qui manque au ms. — *Priyam*; ms. *priya.*

— — *b. paçyámy* dans le ms. est suivi de *ady* qui est explétif à tous les points de vue. — *°stha·*

matiḥ; ms. *sthagatiḥ*. Cette correction ne m'est suggérée que par la leçon du vers précédent, le sens de ce dernier pâda étant obscur et ne pouvant guère aider dans la circonstance à la critique du texte.

V. 47, *a*. *Caturtham*; ms. *caturthyam*.

— — *b*. *Bhavati*; ms. *bhâvaddhi*.

V. 48, *a*. °*vâg*°; ms. °*vâgv*°.

— — *b*. *Hariṇaplutam*; ms. *hariṇaplutaḥ*.

V. 49, *a*. et *b*. Voici la leçon du ms. où se trouve répétée une partie du vers précédent. *saptamaṃ navamaṃ cântyaṃ (mu)khântya(m) yadâ guru bhavaddhi jâgate pâde tadâ syâd dhariṇaplutaḥ yathâ* — *mukhântyaṃ ca yadâ*, etc. — *Upântyam*; ms. *mukhyântam*.

V. 51, *b*. Après le mot *pâde* le ms. répète *kâmadatteti sâ smṛtâ* du v. 49 *b*. — *Aprameyâ* ms. *aprameye*.

V. 52, *b*. *Mâmeyam*; ms. *mamameyam*. — *Sarvam*; ms. *sarvâ*.

V. 53, *a*. *Nivishṭâ*; ms. *ninivishṭâ*. — *(Dvitîye)* manque au ms., mais il semble bien qu'on peut restituer ce mot avec assurance.

V. 54, *a*. *Vaktra*°; ms. *vaktrahtra*°. — *Danta*°; ms. *dadanta*°.

— — *b*. (°*âcchadâ*); ms. °*cchandâ*. — *Cakravâka*°; ms. *vaktravâka*°.

V. 55, *a*. *Nau*; ms. *gau*.

— — *b*. *Bhavati (ca)*; ms. *bhavanti*. — *(Sarvaddsâv)*; ms. *sarvadâ ya*.

V. 56, *a*, ˝ ˇ ˇ ˝ ; ms. *Kaṇramdaiḥ*.

— — *b*. *Kathayati*; ms. *kathayasi*.

V. 57, *b*. *Vicchedo' ti*°; ms. *vicchedâti*°. — *Caturbhis tu*; ms. *caturbhâs su*.

V. 5°, *a*. *(Âkulita*°); ms. *amkula*°. Il est fâcheux que cette correction si vraisemblable dérange la césure. — *Pihita* ˇ ˝ , ms. *pihitakare*. Peut-être faudrait-il lire *pihitikṛte*. — *Niçâcare*; ms. *niçâ; hare*.

V. 59, *b*. *Praharshaṇî*; ms. *praharshiṇî*.

V. 60, *a*. °*kathaiḥ*; ms. *sukathaiḥ*, à la suite de *kathaiḥ*. — *Kathais* suppose un masc. ou un neutre *katha* dont on n'a pas d'exemples jusqu'ici. — *Subhâvitair*, je lirais volontiers *subhâshitair*. — *Vâ*; ms. *vam*.

— — *b*. *Praharshaṇî*; ms. *praharpiṇî*.

V. 61, *b*. *Matta*°; ms *utta*.

V. 62, *a*. *Sendra*°; ms. *saindra*°. — *Citra*°; ms. *caita*°.

— — *b*. °*ojjvala*°; ms. *ujjvalita*.

V. 63, *b*. *Antyopântye*; ms *ancopâpântye*.

V· 64, *a*. ˇ ˇ; ms. *pata* ou *vatu*.

V. 65, *b*. *Asambâdhâ*; ms. *asâbâdhâ*. — *(Hi)* syllabe suppléée pour le mètre et qui manque au ms.

V. 66, *a*. ˇ ˇ *çîlâ*°; ms. *lîlâ*°. — *Asadṛçam adhikam*; ms. *nadṛçadṛçam adhi (vibhûshitagaṇḍapâli)kam*. — Les mots placés entre parenthèses sont une répétition empruntée au v. 64 *b*.

— — *b*. ˇ ; il manque au pâda pour être complet une syllabe de cette quantité.

V. 67, *a*. *(Catur)*, nécessaire au sens et au vers, quoique manquant au ms.

— — *b*. *(Ca)*, syllabe qui manque également au ms.

V. 68, *a*. *(Âyacchanti)*; ms. *âtma gacchantam*.

— — *b*. *Hâhâ*; ms. *hâham*. — *No* ˝ ˇ *ûḍham*; ms. *no velim (?) ûḍhâ*. Peut-être faudrait-il lire *no vyâdhir ûḍhaḥ*. — *Hantukâmam*; ms. *hattukâmâ*.

V. 70, *a*. *Dṛshṭa*°; ms. *dushṭa*.

— — *b*. *Madhura*°; ms. *madhuri*.

V. 71, *b*. *Vṛshabha*°; ms. *vṛshṭa*°.

V. 72, *a*. °*pa(ṭa)ha*°; ms. °*paha*°. — *Surabhim*; ms. *surabhiḥ*.

V. 72, *b.* (*Kandala·*); ms. *kandasya.* — ˘ ˘ *racitam* ; ms. *karacitam.*

V. 73, *a.* (*Ymau*); ms. *yau.* — (*Nsau*); ms. *shtau.* — (*Rgau*); ms. *nana.* — *Shadbhiç* ; ms. *shashthî.* — *Cânte*; ms. *cânye.* — *Yudâ*; ms *yathâ.*

— — *b.* (*Nityam*), tenant lieu de deux syllabes qui manquent au ms.

V. 74, *a.* *Daçana°* ; ms *dahana·.* — *Pushpair* ; ms. *pushpo.*

— — *b.* *Sândrâ°* ; ms, *sâdrâ°.* — *Kâmavesham* ; ms. *kâmamavesham.*

V. 75, *a.* *°lali(ta)sya*; ms. *°lalisya.* — *Bhlau*; ms. *lau.* — *°gadite* ; ms. *gatidite.*

— — *b.* *Vaishâ* ; ms. *dvaishâ.*

V. 76, *b.* (*Bhavati*) manque au ms. — *Parushah* ; ms. *purushah.* — *Bhâsi* ; ms. *bhâti.*

V. 77, *a.* *Nsau* ; ms. *snau.* — *Slau gah* ; ms. *sanagâ.* — *Yatih shadbhir* ; ms. *yatishasha·bhir.*

V. 78, *a.* (*Pratinâdayan*); ms. *pratinâdvacasva.*

V. 79, *a.* *Mbhau* ; ms. *mau.* — *°racitau* ; ms. *racitâ.* — *Tgau* ; ms. *gau.* — (*gaç ca pratishthâ*); ms. *gomintyapratishtha.*

— — *b.* (*Yathâ*); omis au ms.

V. 80, *a.* *°surabhibhir* ; ms. *surabhir.*

— — *b.* *Kânte* ; ms. *kântai.*

V. 81, *b.* *Vamçapattra°*; ms. *dvâdaçapattra°.*

V. 82, *a.* *°gulma°* ; ms. *°gunma°.*

V. 83, *a.* *Jsau* ; ms. *jñau.* — (*Ylau ca yah*) ; ms. *lnananugau.*

— — *b.* *Dvijair* ; ms. *dvijer.*

V. 84. *b.* *Priya(karam)* ; ms. *priyadam*, qui ne répond pas aux nécessités du mètre. — *Tvam* ; ms. *tvâm.*

V. 85. *b.* (*Ante*); ms. *tathâ.*

V. 86, *b.* *Snânâdhyaih* ; ms. *snânâdaih.* — ˘ ‾ ‾ ˘ ‾ ‾; lacune au ms. — *Samkshepât* ; ms. *samkshepâm.*

V. 87, *a.* *Msau jsau tau*; ms. *mnau sjau ntau.* — *âdyâ* ; ms. *âdyâç.* — *°yutâ* ; ms. *°yuta.* — (*Tathâ*), tient lieu de deux syllabes qui manquent au ms.

— — *b.* *Âçritâm hy atidhṛtim*; ms. *acritâny atidhṛtir.* — (*Pada*) ; ms. *vala.*

V. 88, *a.* ˘ ‾ ˘ ; ms *tanvî* (?) — *Nirbhagno°*; ms. *nirbhanno°.*

— — *b.* *°ghâti* ‾ ˘; lacune de deux syllabes au ms. — Le ms. a *yathâ* explétif à la suite du dernier pâda.

V. 89, *a.* *Mrau bhnau ybhau lgau*; ms. *mnau mtau yegau lbau.* — (*hi*), en remplacement d'une syllabe omise au ms.

— — *b.* *Eshâ* ; ms. *eshâm.* — *Vṛttajñais (tattvata)*; ms. *vṛttajñâtotala.* — *Gaditâ*; ms. *çaditâ°.* — *Suvadanâ* ; ms. *sukhadanâ.*

V. 90, L'exemple, quoique annoncé, est omis au ms.

V. 91, *a.* *Bhnau*; ms. *ynau.* — *Yaç ca*; ms. *ca na.*

— — *b.* *Yadi*; ms. *yaki.* — Ms. *â* après *sragdharam.*

V. 92, *a.* *°kuṭilakaih* ; ms. *kuṭitilakaih.*

V. 93, *a.* *Bhrau* ; ms. *drau.* — *kramu°* ; ms. *kramam.* — *Nrau* ; ms. *rnau.* — *Niyatau*; ms. *vinatau.* — ˘ ‾ ˘ ˘; ms *tau nâgava.*

— — *b.* (*Sadaiva tu*); ms. *sadeva.* — *Bhadraka°*; ms. *madraka°.* — ‾ ˘ ‾ ˘; ms. *nâ.* — (*Ca*) manque au ms.

V. 94, *a.* *Udyatam*; ms. *udyotam.*

— — *b.* *°gatibhih* ‾ ˘; ms. *gatir.* — (*°suvidrutâ*) ms. *°suvidruma°.* — *samabhavat* ; ms. *samabhâvat.*

V. 95, *a.* *Jabhau jabhâv api jabhau*; ms. *jasau jasâv api jasau.* — Le sens exigerait que la partie finale du premier pâda contint le mot *ante.*

V. 95, *b. Yatiç ca;* ms. *yaç ca.* — *Tathaika°;* ms. *tatidhaika°.* — *Iha;* ms. *ida.* — *Viçuddh°;* ms. *viçuddha°.* — *Lalitam;* ms. *lalitaḥ.*

V. 96, *a. Alaṃ(kṛtam);* ms. *alam.* — ˘ ˘ *çara°;* ms. *çarasaçaraçarapaṅkti°.* — *°vivṛtam;* ms. *vivṛtaç.*

— — *b.* Le texte du troisième pâda et du commencement du quatrième semble irrémédiablement corrompu. Voici ce qu'on peut lire au ms. : *vasugaṇasyabhinnahatáçilaçatrunáçilaçirápramahyatá sátkṛtam.* — *Saṃyuga°;* ms. *saṃyuge°.* — *Tvayá;* ms. *tvayáç.*

V. 97, *b. Samyatá;* ms. *samnyatá.* — *Ata;* ms. *ta.* — *(Daṇḍiká);* ms. *daṇḍakabha.*

V. 98, *a. °sadṛça(tva°);* ms. *°sadṛçopa.* — *°ábhá°;* ms. *ábhágaṃ.*

— — *b.* ˘ ˉ *ojjvalá;* ms. *hapadajjvalá.* — *Gagana°;* ms. *gagau.*

V. 99, *a. Bhmau;* ms. *bhnau.* — *Sbháv;* ms. *bhsáv.* — *Budha°;* ms. *baṭa°.* — *Náç ca samudráḥ;* ms. *nám sa camudrá.* — *Vinivishṭá;* ms. *vinivashṭá.* — *°gamitaḥ;* ms. *gamitam.*

— — *b. Api yatir;* ms. *api yadir.* — *Daçabhiḥ;* ms. *darçabhiḥ.* — *°padeyam;* ms. *°padeyaḥ.* — *°munibhir,* leçon qui donne un sens peu satisfaisant et qu'il faudrait peut-être remplacer par *°matibhir.*

V. 100, *a. Kalirucir;* ms. *kalarucir.* — *Dhîrghatarábhiḥ;* ms. *dirghakálábhiḥ.*

— — *b. °jaṅghá;* ms. *°jaṅgham.* — *Nimna°;* ms. *nimta°.* — *°parigata°;* *Ind. Stud. °paricita°* avec les variantes *°parimita* et *parishita.* — *Sápariháryá,* — sic, *Ind. Stud.* Ces mots manquent au ms.

V. 101, *a. (Mau tnau nau rsau);* ms. *ya mtau ntau sanosau sau na.* — *(Tu lagau trikau);* ms. *nigaditás triká.* — *Anupurvaçaḥ;* ms. *anupurvadaça.* — *Shaḍviṃçáyáṃ;* ms. *shaḍviṃçatyáṃ.*

— — *b.* ˉ ˘ ˉ ˘ ˉ ˘ ˉ ˉ : ms. *va samyojyena.*

V. 102, *a. Rupopetáṃ;* ms. *rupopetán.* — *pushṭam* adverbe, à moins qu'il ne faille lire *pushṭáṃ* — *°gatim;* ms. *gatir.* — ˘ ˉ ˘ ˉ ; ms. *tilentyam,* peut-être faut-il lire *tilottamáṃ,* qui correspond au mètre. — ˉ ˉ ˘ ˉ , lacune au ms. indiquée par le mètre. — *°sahitam,* en accord probable avec un substantif à substituer à la lacune.

— — *b.* ˘ ˘ ˘ lacune au ms.

V. 103, *a.* · · · · · *aksharam;* ms. *sikáksharam.*

— — *b.* Cet hémistiche est tout à fait corrompu dans la leçon du ms. que voici : *meghamáláḍiká tasyántau cádau nau táguháditá.*

V. 104, *a. °ja(na)padákulá;* ms. *japadákulam.* — *Samabhyarcate;* ms. *samabhyarcyate.*

— — *b. °gîrṇamuktávalí* ˉ ˘ ˉ ; ms. *guñjîrṇamuktávaler.*

V. 106, *a. grathita°;* ms. *grathitáṃ.*

V. 107, *a. Dváv;* ms. *dvauv.*

V. 108, *a. Dírghaṃ;* ms. *diryha.*

V. 109, *a. Siddham;* ms. *viddham.*

V. 110, *a.* · · · ; ms. *chehvade.* — *°vikalpanam;* ms. *vikalpanáṃ.*

V. 111, *a. Naidhandô°;* ms. *nainta.* — *°artam;* ms. *arte* ou *arthe.*

— — *b.* Le deuxième pâda de cet hémistiche est totalement corrompu : *ity anupsamamásá.*

V. 112, *a. Dvitiyake;* ms. *dvitiyamke.*

— — *b. Yugmau°;* ms. *agmau.*

V. 113, *b.* ˉ ˘ ˉ ˘ ; ms. *rárdhá.*

V. 115, *a. Sa . . . . ;* ms. *sa vireshena tetthama.*

— — *b. Jvalanena;* ms. *jalaikena.* — ˘ ; lacune au ms.

V. 116, *a. Caturthád;* ms. *calurthá°.* — *Ayuk(padaḥ);* ms. *ayuktagaḥ.* Cf. *Ind. Stud.* VIII, 339.

V. 117, *a. (Priyatamam);* ms. *priyatamo.* — *Sakhyá;* peut-être faudrait-il lire *sakhyáḥ.*

— — *b. (Narasya hi);* ms. *nárasya.*

V. 118, *a*. *Keshâṃ cid;* ms. *keshâshâm*. — *Vipulena*, cette forme masculine ne me semble pas impliquer nécessairement une erreur.

V. 120, *b*. *Ârujatî;* ms. *ârujantî*. — *Vipulân ;* ms. *vipulâ*.

V. 121, *a*. Ms. *evam* (*vipulam vanât*), répétition des mots entre parenthèses qui était à supprimer.

V. 122, *a*. *Gurv(antakṛt) ;* ms. *gurvaktakṛs*.

— — *b*. *Aksharâd;* ms. *yadaksharâd*.

V. 123, *a*. *Antato guruṇy;* ms. *antethaguṇy*.

V. 124, *a*. °*âdharam ;* ms. *âcaram*. — *Subhrnr;* ms. *sabhru* ou *sabhrur*.

— — *b*. *Râga*° ; ms. *prâgas*.

V. 125, *a*. (*Msau gau*) *ca;* ms. *mcanagrana*. — (*Ysau lgau*); ms. *ssâglau*.

— — *b*. *Rabhau lagau ;* ms. *ragau labhau*. — *Yarau* : ms. *kasau*. Ces corrections m'ont été dictées, bien entendu, par la mesure de l'exemple dont le texte toutefois laisse aussi à désirer.

V. 126, *a*, ‐ ‐ ‐ ˘ ˘ ‐ ; ms. *naivâvânamike*.

— — *b*. *Pathyâ*°, la première syllabe de ce mot, longue par position, est contraire au mètre qui exige une brève. — °*nashtâv ;* ms. *nashtav*.

V. 127. Voici le texte fort corrompu de ces cinq pâdas tel qu'il se lit au ms. *Najanacadau tathâ. lnau cana sajâgaç ca yugmake. mne jlau gaç ca. tṛtîyake sjña sjña gaç ca tu turîye tu udgatâyâm prakîrtitâ*.

V. 128, *a*. *Abhibhâti ;* ms. *abhiddli*.

— — *b*. *Nâbhi*° ; ms. *nâdi*.

V. 129, *a*. *Sajau;* ms. *samjau*. — (*Purvoktâs tu*); ms. *purvokta na gau*.

— — *b*. *Nau ;* ms. *gau*. — *Ca tṛtîyake ;* ms. *caivicitraye*. — *Dviḥ sjau gaç ca ;* ms. *dvisajotaç*.

V. 130, *a*. °*kara*° ; ms. *karam*.

V. 132, *a*. *Sgau;* ms. *glau*.

— — *b*. (*Bharanagagâç ca*); ms. *mnanaglanagaç ca sahâ*.

V. 133, *a*. Le deuxième pâda de cet hémistiche est complètement corrompu : *raktapelakam ambujâ lâksham*.

V. 134, *a*. *Ro'tha;* ms. *retta*. — *Lgau ;* ms. *glâç*.

V. 135, *b*. ˘ ‐ ˘ ; ms. *rathâdhi*.

V. 136, *a*. *Ryau;* ms. *rya*. — *Njau ;* ms. *aujau*. — *Gaç ca ;* ms. *gas*.

— — *b*. *Pushpitâgrâ sâ yathaitâv;* ms. *pushpitâgrâyathaitâv*.

V. 137, *a*. °*vidhuta*° ; ms. *vadhuta*. — °*kaṇṭha*° ; ms. *kanṛ*.

— — *b*. °*âgram ;* ms. *âgrâ*.

V. 138. *a*. *Syus;* ms. *syas*. — °*vikalpataḥ ;* ms. *vikalpatâḥ*.

— — *b*. *Vânavâsikâ ;* ms. *vânavâsitâ*.

V. 139. · · · · ; ms. *savilalâḥ*. — (*Suratakâle*) contraire au mètre, quoique donnant un bon sens.

V. 141, *a*. *Antarâṇy api;* ms. *antanyâny api*.

V. 142, *b*. *Dhruva*° ; ms. *dhruvâ*. — Peut-être conviendrait-il de lire *dhruvam*.

V. 144, *b*. *Smṛtâ;* ms. *smṛtâḥ*.

V. 146, *a*. *Yatir;* ms. *yati*.

V. 147-148. Le texte donné par le ms. comporte entre ces deux vers l'oubli évident de deux hémistiches; l'ordre des vers qui suivent et le défaut d'enchaînement qui en résulte à l'endroit indiqué concourent à en fournir la preuve. J'ai supprimé les lambeaux de phrase entre lesquels, ou à la suite desquels les hémistiches manquants devaient se placer. Voici la leçon qu'en donne le ms. : *vidhâtaye yurgaṇaḥ pancaiva hi shashṭha ca*.

V. 148, *b*. *Dvivikalpaḥ syân naidhane;* ms. *dvivikalpa syâm taidhane*. — Il manque une syllable au dernier hémistiche.

V. 149, *a*. *Antyârdhe;* ms. *pañcârdhe*.

V. 150, *a*, *Sarva*(*laghuç*)*;* ms. *sarvayatiç.*

V. 150, *b. Dvitîyâdir ;* ms. *dvitîyâdvi* ou *dvir. — Yatih;* ms. *yutih.*

V. 151, *b. Trishu câdishu°;* ms. *tristhup âdeshu.*

V. 152, *b. Jagatau;* ms. *jagârau.*

V. 153. *a. Yasyâh syât ;* ms. *yasya syâh. — Capalâ;* ms. *vipulâ.*

— — *b. Anyâ;* ms. *anyam.*

V. 156, *a.* · · · · · · · ·*;* ms. *adhikâni yatâni trimçabhyas.*

— — *b. Laghùni tu; ms. laghùnîty,* contraire au mètre, à moins qu'il ne faille pas voir ici la fin d'un hémistiche.

V. 158, *a. Uttara°;* ms. *utta* ou *ukta.*

V. 159, *b. Itaraç;* ms. *itarâ. — Shashthah;* ms. *shashthâ. —Ganah;* ms. *gunah.*

V. 160, *b. Kartavyah ;* ms. *kartavyâ.*

Remarque générale. — Les parties du texte qui sont entre parenthèses correspondent à des lacunes du manuscrit, ou à de mauvaises leçons dont la correction n'est pas absolument sûre.

NÂTYA ÇÂSTRA

PARTIE FINALE DU QUINZIÈME CHAPITRE

2, 5 [1]. — Les mètres (*vrtta*) (dont les *pâdas*, ou quarts de vers, comprennent une série déterminée de syllabes brèves et longues) sont ou semblables (*sama*) (c'est-à-dire composés de pâdas identiques), ou à demi semblables (*ardhavishama*) (n'ayant de semblables entre eux que les pâdas 1 et 2, 2 et 4), ou enfin dissemblables (*vishama*) (n'ayant aucun pâda identique à un autre) [2].

3. — Le vers (*chandas*), dans lequel un pâda manque (d'une syllabe), est appelé *nivrt* (ou *nicrt*) ; celui dans lequel un pâda a (une syllabe) de trop est appelé *bhurij* [3].

4. — Le vers dans lequel (un pâda) manque de deux syllabes est appelé *virâj* ; celui dans lequel (un pâda) a deux syllabes de trop est appelé *svarâj* [4].

---

[1] Les vers 1 et 2 *a*, quoique différant pour le sujet de ce qui précède, ne se rapportent pas encore d'une manière bien directe à la métrique, et comme l'absence de développements suffisants en rend le sens peu sûr, je m'abstiens d'en essayer l'interprétation.

[2] Cf. *infra* XVI, 105 et *sqq*; *Agni Purâna*, 331, 1 ; *Chandomañjarî*, édition de Calcutta, p. 1 ; Colebrooke, *Misc. Essays*, édition Cowell II, 88 ; *Indische Studien* (Piṅgala), VIII, 326.

[3] Colebr. II, 137 ; *Ind. Stud.* (*Nidâna Sûtra*), VIII, 113 (Piṅgala), 149, 254.

[4] *Agni Pur.* 329, 28 ; Colebr. *loc. cit*,; *Ind. Stud.*, VIII, 63 et 254.

5. — Chaque type de mètres (*gâyatri*, etc.), n'a pas une forme unique (au point de vue de l'arrangement des brèves et des longues). Aussi les savants disent-ils que les (variétés de) mètres sont innombrables.

6. — Le Gâyatrî et les autres formes typiques servent de mesure aux mètres (en ce qui regarde le nombre de syllabes qui entre dans chaque pâda). Un grand nombre de ces mètres (ou des combinaisans prosodiques dont chaque forme typique est susceptible) sont en usage, et voici (d'ailleurs) le chiffre total (des combinaisons possibles).

7. — Le (type de) mètres appelé *gâyatrî* comporte 64 combinaisons métriques ; l'*ushṇih* en comporte 128.

8. — L'*anushtubh* comporte 256 combinaisons, et la *bṛhati* 512.

9. — La *paṅkti* comporte 1024 combinaisons et la *trishtubh* 2048

10. — La *jagatî* comporte 4096 combinaisons ;

11. — L'*atijagatî*, 8192 ;

12. — La *çakvarî*, 16,384 ;

13. — L'*atiçakvarî*, 32,768 ;

14. — L'*ashṭi*, 65,536 ;

15. — L'*atyashṭi*, 131,072 ;

16 et 17. — La *dhṛti* 262,144 ;

18 et 19 *a*. — L'*atidhṛti*, 524,288 ;

19 *b* et 20. — La *kṛti*, 1,048,576 ;

21 et 22. — La *prakṛti*, 2,097,152 ;

23 et 24 *a*. — L'*âkṛti*, 4,194,304 ;

24 *b* et 25. — La *vikṛti*, 8,388,608 ;

26 et 27 *a*. — La *saṃkṛti*, 16,777,216 ;

27 *b* et 28. — L'*abhikṛti*, 33,554,432;

29. — L'*utkṛti*, 67,108,864.

30 et 31. — La somme des combinaisons métriques que comportent les différents types de vers (dans lesquels les quatre pâdas sont semblables) s'élève à 134,217,726 [1]. Aussi peut-on dire qu'elles sont infinies.

---

[1] Ce total comprend, comme il est facile de s'en convaincre, outre la somme des chiffres ci-dessus, les 62 combinaisons dont sont susceptibles les types de vers qui comptent de 1 à 5 syllabes à chaque pâda. On peut voir des exemples de ces vers, qu'on peut considérer comme inusités, *Chandom.*, p. 6 et 7. — Cf. pour le dénombrement des mètres possibles Colebr. ii, 88.

32. — L'auteur vient d'indiquer le nombre des combinaisons qui se rapporte à chaque type métrique ; il montrera maintenant comment les mètres se subdivisent en groupes trisyllabiques (*trika*) dans ces différents types.

33 et 34 *a*. — Qu'en ce qui concerne les vers en général ou les combinaisons métriques possibles, il s'agisse d'une, de vingt, de mille variétés ou même de dix millions d'entre elles, on n'y trouve (jamais) que huit sortes de groupes trisyllabiques désignés chacun par un terme spécial [1].

34 *b* et 35. — On appelle triades (*trika*) les groupes de trois syllabes (*akshara*) qui composent régulièrement tous les mètres.

35 *b*. — La triade qui commence par une syllabe longue (ˉ ˘ ˘) est désignée par la lettre *bha* (भ) ; celle qui ne comprend que des longues (ˉ ˉ ˉ) est désignée par la lettre *ma* (म).

36. — La triade dans laquelle une longue est médiale (˘ ˉ ˘) est désignée par la lettre *ja* (ज) ; celle qui se termine par une longue (˘ ˘ ˉ) est désignée par la lettre *sa* (अ); celle dans laquelle une brève est au milieu (ˉ ˘ ˉ) est désignée par la lettre *repha* (r, र) ; celle qui se termine par une brève (ˉ ˉ ˘) est désignée par la lettre *ta* (त).

37. — La triade dans laquelle une brève est en tête (˘ ˉ ˉ) est désignée par la lettre *ya* (य) ; enfin celle dans laquelle n'entrent que des brèves (˘ ˘ ˘) est désignée par la lettre *na* (न). Telles sont les huit triades issues de Brahma dont les savants donnent la connaissance [2].

38. — En métrique, ces triades sont aussi appelées par abréviation sourdes (*asvara*), et sonores (*sasvara*), selon la mesure (selon que les longues ou les brèves prédominent) [3].

39. — Une longue est désignée par la lettre initiale (du mot *guru* long, c'est-à-dire par *ga* (ग) ; il en est de même d'une brève. (C'est-à-dire qu'elle est désignée par la lettre *la* (ल), initiale du mot *laghu*, bref). Voilà ce qu'en-

---

[1] Le texte du v. 33 *a* présente une construction bizarre et qu'on ne peut expliquer, ce me semble, qu'en sous-entendant, comme je l'ai fait, un mot comme *prati* régissant les accusatifs qui composent cet hémistiche. Disons du reste une fois pour toutes qu'en présence d'une rédaction comme celle-ci, parfois très elliptique, parfois d'une lecture douteuse, parfois enfin incorrecte au point de vue de la syntaxe du fait même de l'auteur, une interprétation tentée sans le secours d'un commentaire ne peut avoir toujours un caractère absolu de certitude.

[2] Cf. pour la désignation technique des groupes trisyllabiques, ou des pieds de trois syllabes dans la métrique sanscrite, *Chandom.* p. 2; *Çrutabodha* (édition Lancereau, *Journal asiatique*, 1854) v. 3 ; Colebr. II, 63 et 135; *Ind. Stud.* VIII, 164 et 210.

[3] Voir, pour le sens de l'expression *chandomâna*, rendue ici par mesure, *Ind. Stud.*, VIII, 22.

seigne la tradition [1]. On appelle césure (*yati*), une division (obligatoire marquée par la fin d'un mot) dans un pâda [2].

40.— Une voyelle est longue ou considérée comme longue, soit par nature (*dîrgha*), soit quand l'intonation en est prolongée (*pluta*), soit quand elle précède un groupe de consonnes, soit quand elle est suivie de l'*anusvâra* ou du *visarga*, soit enfin, parfois (quand tout en étant brève) elle fait partie de la syllabe finale de l'hémistiche ou du vers [3].

41. — Les savants en matière de prosodie divisent les types métriques en trois groupes : celui des dieux, celui des asuras et celui des demi-dieux.

42. — La gâyatrî, l'ushnih, l'anushtubh, la bṛhatî, la paṅkti, la trishtubh et la jagatî composent le premier groupe, celui des dieux.

43. — L'atijagatî, la çakvarî, l'atiçakvarî, l'ashti, l'atyashti, la dhṛti et l'atidhṛti forment le (second) groupe (celui des asuras).

44. — La kṛti, la prakṛti, l'âkṛti, la vikṛti, la saṃkṛti, l'abhikṛti et l'utkṛti constituent le groupe des demi-dieux.

45. — La gâyatrî comprend deux triades (ou six syllabes, à chaque pâda); l'ushnih, deux triades plus une syllabe (ou sept syllabes) ; l'anushtubh, deux triades, plus deux syllabes (ou huit syllabes) ; la bṛhatî, trois triades (ou neuf syllabes).

46. — La paṅkti comprend trois triades plus une (syllabe, ou dix syllabes à chaque pâda); la trishtubh, trois triades plus deux syllabes (ou onze syllabes); la jagatî, quatre triades (ou douze syllabes) ; l'atijagatî, une syllabe de plus ou (treize syllabes).

47. — La çakvarî comprend quatre triades, plus deux syllabes (ou quatorze syllabes) ; l'atiçakvarî, cinq triades (ou quinze syllabes) ; l'ashti, cinq triades, plus une syllabe (ou seize syllabes) ; l'atyashti, cinq triades, plus deux syllabes (ou dix-sept syllabes).

48. — La dhṛti comprend six triades (ou dix-huit syllabes à chaque pâda) ; l'atidhṛti, une syllabe de plus (ou dix-neuf) ; la kṛti, deux de plus (ou vingt) ; la prakṛti, sept triades (ou vingt et une syllabes).

---

[1] Cf. *Chandom.*, p. 2 ; Colebr., ii, 63 et 135 ; *Ind. Stud.* viii, 164.
[2] Cf. *Chandom.*, p. 2 ; *Ind. Stud.* (Piṅgala), viii, 363.
[3] Cf. *Agnipur.* 327, 2 ; *Chandom.*, p. 2 ; *Çrutab.*, 2 ; Colebr., ii, 65 ; *Ind. Stud.* (Piṅgala), viii, 211.

49.— L'âkṛti comprend une syllabe de plus (ou vingt-deux à chaque pâda); la vikṛti, deux de plus (ou vingt-trois); la saṃkṛti, huit triades (ou vingt-quatre syllabes); l'abhikṛti une syllabe de plus (ou vingt-cinq).

50 *a.* — (Enfin) l'utkṛti comprend, d'après la métrique, deux syllabes de plus (ou vingt-six à chaque pâda)[1].

50 *b.* — L'auteur s'occupera plus loin des groupes métriques qui entrent dans la composition des *mâtrâvṛttas* (ou mètres composés d'un nombre donné d'unités métriques ou de syllabes brèves).

51. — Il va donner aussi la règle du calcul qui sert à trouver la quantité de combinaisons dont un type métrique est susceptible (*prastâra*), ainsi que le moyen de connaître la forme d'une combinaison quelconque, étant donné le rang qu'elle occupe dans la série complète des combinaisons possibles (*nashṭa*), et quel rang tient dans les combinaisons en question la forme d'un mètre donné (*uddishṭa*).

52.— Le prastâra s'applique aux syllabes et aux unités métriques (syllabes brèves) (qui composent les mètres). Un pied de deux syllabes, composé d'une longue et d'une brève s'appelle *mandravarṇa* ou bien encore *mâtṛikâ*.

53 et 55. — Pour appliquer le prastâra aux syllabes (c'est-à-dire aux mètres qui sont déterminés par le nombre et la quantité des syllabes) sur un groupe dissyllabique composé d'une longue et d'une brève, il faut inscrire la brève au-dessous de la longue (sur une ligne verticale), puis réitérer la même opération en commençant encore par la longue et en terminant par la brève; ensuite (sur une seconde ligne verticale parallèle à la première) on inscrit, comme précédemment, au-dessous de la longue répétée deux fois, la brève répétée deux fois également[2].

56-61. — . . . . [3].

1 Cf. *Chandom*, p. 5; Colebr., ii, 141 et *sqq. Ind. Stud.* viii, 240 et *sqq.*

2 De façon à obtenir pour une combinaison métrique représentée par une longue et une brève (‾ ˘) le tableau suivant ⚌, qui représente toutes les combinaisons dont deux syllabes de ce genre sont susceptibles. Voir pour l'application de cette même règle empirique à des groupes composés d'un plus grand nombre de syllabes, *Ind. Stud.*, viii, 428. Est-il besoin d'ajouter que pour tous les passages d'un style aussi serré que celui-ci, j'ai dû recourir à une paraphrase plutôt qu'à une traduction proprement dite?

3 Ces six vers, qui concernent la description des groupes métriques dont sont composés les vers déterminés par les unités métriques qui les constituent, et certaines opérations agébriques qui s'y rapportent, présentent un texte trop peu sûr en certains endroits et généralement trop peu clair pour qu'il ne soit prudent d'en suspendre l'interprétation.

62. — On obtient le chiffre des combinaisons métriques dont les mètres *à demi semblables* sont susceptibles en élevant au carré celui des combinaisons possibles des mètres *semblables* correspondants (établis sur le même type), et en déduisant du résultat le chiffre qui sert de base pour l'élévation au carré[1].

63-64. — (Connaissant la quantité métrique des syllabes qui constituent une combinaison métrique quelconque et le nombre de combinaisons dont le type auquel elle appartient est susceptible, voici la méthode à suivre pour trouver le rang qu'elle tient dans la série complète de ces combinaisons). Plaçant le mètre dont il s'agit (c'est-à-dire la quantité des syllabes qui le composent) sur une ligne horizontale et représentant par 2 sa première mesure, à commencer par la gauche, on en fait le point de départ d'une progression géométrique ayant 2 pour raison, dont chaque terme correspond aux mesures suivantes en s'arrêtant sur la dernière. Puis, s'il y a des longues parmi ces mesures, on se livre à une opération inverse et qui consiste à prendre comme point de départ d'une autre progression de même forme commençant par l'unité la première longue qui se présente à partir de la droite en ajoutant un terme correspondant à chaque mesure qu'on trouve en reculant vers la gauche ; à chaque nouvelle longue qu'on rencontre, s'il y en a, on ajoute une unité au chiffre correspondant de la progression ; puis on retranche le dernier terme (c'est-à-dire celui qui correspond à la première mesure de gauche) du nombre total des combinaisons dont le mètre donné est susceptible. Dans les deux cas (celui où la combinaison métrique ne comprend que des brèves, et celui où les longues alternent avec les brèves, ou sont entièrement substituées à celles-ci), le résultat obtenu ainsi indique le rang auquel appartient la combinaison métrique donnée[2].

65. — L'auteur va indiquer le moyen de déterminer la place qu'occupent dans tous les mètres les voyelles brèves (et par conséquent le *schema* même de chaque mètre, étant donné le type auquel se rattache le mètre en question et le rang qu'il occupe dans la série des combinaisons dont ce type est susceptible).

---

[1] Cf. Colebr., II, 88 et *Ind. Stud*, VIII, 326 et *sqq.*, 432 et *sqq.*

[2] Cf. pour cette paraphrase de notre texte, *Ind. Stud.*, VIII, 438 et *sqq.* Il s'agit de la règle du prastâra appelée uddishṭa, Cf. ci-dessus v. 51.

66. — Pour arriver à ce résultat, on divise par deux le chiffre qui marque le rang en question en le majorant d'une unité s'il est impair ; dans ce cas, on inscrit, comme correspondant au résultat, une longue qui forme la première mesure de la combinaison cherchée ; s'il est pair, on inscrit une brève. On procède de même sur le résultat de la première division et ainsi de suite jusqu'à ce qu'on ait obtenu la quantité de mesures que contient le type auquel se rattache la combinaison qui fait l'objet du problème à résoudre [1].

67. — En suivant ces règles qui s'appliquent soit à la recherche de la forme d'une combinaison métrique quelconque, soit à celle de l'ordre qu'elle occupe dans la série des combinaisons possibles, on obtient pour tout vers donné la répartition des longues et des brèves.

68. — L'auteur vient d'indiquer quelles sont les différentes sortes de vers typiques ; il décrira dans le livre suivant les variétés qui s'y rattachent en usage dans les compositions dramatiques.

---

[1] Cf. *Ind. Stud.*, viii, 439 et *sqq*. Voir aussi dans le même ouvrage les exemples de l'application des différentes règles du prastâra, et particulièrement le tableau des combinaisons métriques possibles sur le type de la gâyatrî. p. 432. — Cette dernière règle est celle qui s'applique au cas dit nashṭa. Cf. ci-dessus, v. 51.

NAȚYÂ ÇASTRÂ

SEIXIÈME CHAPITRE

I

SAMAVṚTTAS OU MÈTRES SEMBLABLES

1° MÈTRES SUR LE TYPE DE LA GÀYATRÎ. — SIX SYLLABES DU PÀDA

1.-2. TANUMADHYÂ

Deux longues au commencement et à la fin de chaque pâda (ou un antibac chius et un bacchius)[1].

$$- - \smile \mid \smile - -$$

Que signifient, ô belle à la taille fine, cette toilette négligée, cet abattement, ces yeux hagards, cette feuille d'arbre que tu tiens à la main?

[1] Dans le texte ce précepte, comme c'est souvent le cas, est dans le même mètre que l'exemple. — Cf. Colebrooke, *Misc. Ess.*, ii, 141 ; *Ind. Stud.*, viii, 365-6; *Chandom.*, p. 8.

3.-4. MAKARAKAÇÎRSHÂ

Quatre brèves et deux longues (ou un tribraque et un bacchius) [1].

∪ ∪ ∪ | ∪ – –

5.-6. MÂLINÎ

Une brève comme seconde syllabe de chaque pâda (ou un crétique et un molosse) [2].

– ∪ – | – – –

2° MÈTRES SUR LE TYPE DE L'USHNIH. — SEPT SYLLABES AU PÂDA

7.-8. UDDHATÂ

Un crétique, un anapeste et une longue [3].

– ∪ – | ∪ ∪ – | –

Traduction de l'exemple

On célèbre (en poésie) les combats sans danger de l'amour, dans lesquels ce sont les dents, et non les épées, qui causent des blessures, et où la mêlée brillante a lieu entre les boucles de cheveux.

9.-10. SAMBHRAMARAMÂLÂ

Un antibacchius, un anapeste et une longue [4].

– – ∪ | ∪ ∪ – | –

Traduction de l'exemple

Le mois parfumé de caïtra, que diaprent des milliers de fleurs, est arrivé, et voilà l'essaim des abeilles qui s'égare parmi les boutons épanouis.

---

[1] Cf. *Chandom.*, *loc. cit.* (*çaçivadanâ*) ; *Çrutab.* 9 (*id.*) ; Colebr. *loc. cit.* (*id.*); *Ind. Stud.*, VIII, 366 (*id.*).

[2] Colebrooke ne connaît pas ce mètre. — Cf. *Ind. Stud.*, VIII, 366.

[3] Ce mètre, dans l'exemple duquel, et par exception, notre auteur n'a pas fait entrer la dénomination technique, n'est pas connu d'ailleurs.

[4] Ce mètre, de même que le précédent, est inconnu des auteurs publiés jusqu'ici.

3° MÈTRES SUR LE TYPE DE L'ANUSHTUBH. — HUIT SYLLABES AU PÂDA

11-12. SIMHALÎLÂ

Un crétique, un amphibraque et deux longues[1].

$$- \cup - \mid \cup - \cup \mid - -$$

13.-14. MATTACESHTIΓA

Un amphibraque, un crétique, une brève et une longue[2].

$$\cup - \cup \mid - \cup - \mid \cup -$$

Traduction de l'exemple

Ses regards vacillent, ses cheveux s'étalent en désordre, ses pas ne sont pas assurés : la bien-aimée imite l'attitude d'un homme ivre.

15.-16. VIDYUNMÂLÂ

Deux molosses suivis de deux longues; une césure à la fin de chaque pâda[3].

$$- - - \mid - - - \mid - -$$

Traduction de l'exemple

Voilà les sinuosités de l'éclair, dont les feux le disputent à ceux des rayons du soleil, qui serpentent à l'horizon parmi les nuages épais, chargés d'eau et au relief sombre qui remplissent le ciel.

4° MÈTRES SUR LE TYPE DE LA BRHATÎ. — NEUF SYLLABES AU PÂDA

17.-18. MADHUKARÎ

Six brèves (ou deux tribraques) et un molosse[4].

$$\cup \cup \cup \mid \cup \cup \cup \mid - - -$$

---

[1] Ce mètre est également inconnu des autres auteurs.

[2] Cf. *Chandom.*, p. 10 (*pramânikâ*); *Çrutab.*, 14 (*nijvirupini*); Colebr., II, 141 (*pramânikâ*) *Ind. Stud.*, VIII, 367 (*id.*).

[3] Cf. *Agnipur.*, 332, 2; *Chandom.*, p. 9, *Çrutab.*, 15; Colebr. *loc. cit.*; *Ind. Stud.*, *id.*

[4] Cf. *Agnipur.*, 333, 3 (*bhujagaçiçusrta* ou °*bhrtâ*); *Chandon.*, p. 10, (*id.*); Colebr. *loc. cit. il.*); *Ind. Stul.*, VIII, 368 (*id.*).

Traduction de l'exemple

L'abeille se livre joyeusement à ses courses vagabondes en apercevant la forêt en fleurs, dont le sol est ombragé par des groupes d'arbres de différentes sortes et que le souffle des vents remplit de parfums.

5º MÈTRES SUR LE TYPE DE LA PAṄKTI. — DIX SYLLABES. AU PÂDA

19.-20. KUVALAYAMÂLÂ

Trois longues (ou un molosse), quatre brèves et un molosse (ou un tribraque, un bacchius et une longue)[1].

$$- - - | \smile \smile \smile | \smile - - | -$$

Traduction de l'exemple

Cette jolie couronne d'iris épanouis embellit, ô ma bien-aimée, ta tête brune comme l'abeille et chargée de parures où les perles brillent en quantité.

21-22. MAYÛRASÂRIṆÎ

Un crétique, un amphibraque, un crétique et une longue[2].

$$- \smile - | \smile - \smile | - \smile - | -$$

6º MÈTRES SUR LE TYPE DE LA TRISHṬUBH. — ONZE SYLLABES AU PÂDA

23.-24. DODHAKA

Trois dactyles et deux longues ; une césure après la troisième ou la quatrième syllabe[3].

$$- \smile \smile | - \smile \smile | - \smile \smile | - -$$

---

[1] Cf. Colebr., ii, 142 (*panara*); *Ind. Stud.*, viii, 369 (*id.*).

[2] Cf. *Agnipur.*, 333, 4; Colebr., ii. 142; *Ind. Stud.*, viii, 370.

[3] Cf. *Agnipur.* 333, 6 ; *Chandom.* 15 ; *Çrutab.* 21 ; Colebr. *loc. cit.; Ind. Stud.* viii, 373. — La règle relative à la césure, qui s'appliquerait à l'exemple cité dans les *Ind. Stud.*, est tout à fait en défaut à l'égard de celui de Bharata.

Vois, ô ma belle, cet éléphant qui bronche à chaque pas qu'il jette devant lui, et dont les membres ont l'allure chancelante d'un homme ivre : il imite la marche du mètre appelé *dodhaka*.

25.-26. TOTAKA

Les deux premières syllabes, la cinquième, la huitième et la finale longues (ou un antibacchius, deux amphibraques, une brève et une longue)[1].

– ˙ ‿ | ‿ – ‿ | ‿ – ‿ | ‿ –

27.-28. INDRAVAJRÂ

La troisième syllabe, la sixième, la septième et la neuvième longues (ou deux antibacchius, un amphibraque et deux longues)[2].

– – ‿ | – – ‿ | ‿ – ‿ | – –

29.-30. UPENDRAVAJRÂ

Une brève à la première syllabe ; même quantité qu'au mètre précédent pour toutes les autres (ou bien un amphibraque, un antibacchius, un amphibraque et deux longues)[3].

‿ – ‿ | – – ‿ | ‿ – ‿ | – –

31.-32. RATHODDHATÂ

La première syllabe, la troisième, la septième, la neuvième et la finale longues (ou un crétique, un tribraque, un second crétique, une brève et une longue)[4].

– ‿ – | ‿ ‿ ‿ | – ‿ – | ‿ –

---

[1] Ce mètre est appelé *moṭanaka* par Colebr. *loc. cit.* et dans la *Chamdom.*, p. 16. — Le *toṭaka*, d'après ces ouvrages (Colebr. *loc. cit.*; *Chandom.*, p. 18 et *Ind. Stud.*, VIII, 378), est un mètre tout différent qui appartient au type de la jāgatî; v. ci-dessous 37-38.

[2] Cf. *Agnipur.*, 333, 5; *Bṛhatsaṃh.*, 104, 34; *Chandom.*, p. 12; *Çrutab.* 22; Colebr. *loc. cit.; Ind. Stud.*, VIII, 371.

[3] Cf. *Bṛhatsaṃh.*, 104, 11; *Chandom.*, p. 12; *Çrutab.*, 23; Colebr. *loc. cit.; Ind. Stud.* id.

[4] Cf. *Agnipur.*, 333, 7; *Bṛhatsaṃh.*, 104, 31; *Çrutab.*, 26; Colebr. *loc. cit.; Ind. Stud.*, VIII, 375.

33.-34. SVÂGATÂ

La première syllabe, la troisième, la septième, la dixième et la finale
longues (ou un crétique, un tribraque, un dactyle et deux longues)[1].

$$- \cup - \mid \cup \cup \cup \mid - \cup \cup \mid - -$$

Traduction de l'exemple

Aujourd'hui, ô belle aux grands yeux, ma vie, toute au sentiment de l'a-
mour, recueille les fruits (auxquels j'aspirais), puisque tu t'es rendue dans
ma demeure. Sois-y la bien-venue et prends un siège !

35.-36. ÇÂLINÎ

La sixième syllabe et la neuvième brèves (ou un molosse, deux antibacchius
et deux longues); une césure après la quatrième syllabe[2].

$$- - - \mid - - \cup \mid - - \cup \mid - -$$

7° MÈTRES SUR LE TYPE DE LA JAGATÎ. — DOUZE SYLLABES AU PÂDA

37.-38. TOTAKA

Quatre anapestes[3].

$$\cup \cup - \mid \cup \cup - \mid \cup \cup - \mid \cup \cup -$$

39.-40. KUMUDANIBHÂ

Un crétique, un bacchius, un tribraque et un autre bacchius. Une césure
après la sixième syllabe de chaque pâda[4].

$$- \cup - \mid \cup - - \mid \cup \cup \cup \mid \cup - -$$

---

[1] Cf. *Chandom.*, p. 15; *Çrutab.*, 27 ; Colebr. *loc. cit.; Ind. Stud.*, viii, 375.

[2] Cf. *Agnipur.*, 333, 6; *Bṛhatsaṃh.* 104, 30 ; *Chandom.*, p. 14 ; *Çrutab.* 20 ; Colebr. *loc. cit.; Ind., Stud.*, viii, 374.

[3] Cf. *Agnipur.*, 333, 9; *Bṛhatsaṃh.*, 104, 39 ; *Chandom.*, p. 18; *Çrutab.*, 29 ; Colebr. *loc. cit.; Ind., Stud.*, viii, 378.

[4] Ce mètre est inconnu des autres auteurs.

41.-42. CANDRALEKHÂ

Une brève à la septième syllabe et à la dixième (ou deux molosses et deux bacchius); une césure après la cinquième syllabe[1].

$$- - - \mid - - - \mid \smile - - \mid \smile - -$$

43.-44. PRATIMÂKSHARÂ

La troisième syllabe, la cinquième, la neuvième et la finale longues (ou un anapeste, un amphibraque et deux anapestes)[2].

$$\smile \smile - \mid \smile - \smile \mid \smile \smile - \mid \smile \smile -$$

Traduction de l'exemple

Heureux l'homme discret, quel qu'il soit, qui possède l'amour d'une jeune fille ayant toujours le sourire aux lèvres, non volage, non brusque et évitant avec soin de se livrer à des reproches longuement médités.

45.-46. VAMÇASTHAMATI

Un amphibraque, un antibacchius, un second amphibraque et un crétique[3].

$$\smile - \smile \mid - - \smile \mid \smile - \smile \mid - \smile -$$

47.-48. HARINAPLUTA

La quatrième syllabe, la septième, la dixième et la dernière longues (ou un tribraque, deux dactyles et un crétique)[4].

$$\smile \smile \smile \mid - \smile \smile \mid - \smile \smile \mid - \smile -$$

---

[1] Cf. *Agnipur.*, 333, 13 *(vaiçvadevî)*; *Brhatsamh.*, 104, 44 *(id.)*; *Chandom.* p. 18, *(id.)*; *Çrutab.* 28 *(id.)*; Colebr. *loc. cit. (id.)*; *Ind. Stud.*, VIII, 381 *(id.)*.

[2] Cf. *Agnipur.*, 333, 12; *Brhatsamh.*, 104, 37; *Chandom.*, p. 18; Colebr. *loc. cit.*; *Ind. Stud.* VIII, 380.

[3] Cf. *Chandom.*, p. 16, *(vamçasthavila)*; *Çrutab.*, 33 *(vamçastha)*; Colebr. *loc. cit. (id.)*; *Ind. Stud.*, VIII, 378 *(id.)*.

[4] Cf. *Chandom.*, p. 19 *(drutavilambita)*; *Çrutab.*, 33 *(id.)*; Colebr. *loc. cit. (id.)*; *Ind. Stud.*, VIII, 378 *(id.)*.

49.-50. KÂMADATTÂ

La septième syllabe, la neuvième, la pénultième et la finale longues (ou deux tribraques, un crétique et un bacchius)[1].

⏑ ⏑ ⏑ | ⏑ ⏑ ⏑ | – ⏑ – | ⏑ – –

51.-52. APRAMEYÂ

La première syllabe, la quatrième, la septième et la dixième brèves (ou quatre bacchius)[2].

⏑ – – | ⏑ – – | ⏑ – – | ⏑ – –

Traduction de l'exemple

Il n'est pas de femme dans l'univers dont les qualités soient égales aux tiennes ; il n'en est ni une deuxième ni une troisième. Jetant les yeux sur ce monde, je me dis que le Créateur t'a faite incomparable.

53.-54. PADMINÎ

Quatre crétiques ; une césure après la deuxième triade[3].

– ⏑ – | – ⏑ – | – ⏑ – | – ⏑ –

Traduction de l'exemple

Ta personne est comme une pièce d'eau dont ta bouche est le lotus, tes yeux les abeilles, tes blanches dents les cygnes, ta chevelure les ombrages, et tes seins les couples d'hôtes ailés[4]. A mes yeux, ô ma bien-aimée, tu revêts en tout l'aspect d'un beau lac.

---

[1] Ce mètre est inconnu des autres auteurs.

[2] *Agnipur.*, 333, 12 *(bhujaṅgaprayatâ)*; *Bṛhatsaṃh* 104, 42 *(id.)*; *Chandom.*, p. 17 *(id.)* ; *Çrutab.* 30 *(id.)* ; Colebr. *loc. cit. (id.)*; *Ind. Stud.*, VIII, 380 *(id.)*.

[1] Cf. *Agnipur.*333. 12*(sragviṇi)*; *Chandom*, p. 18 *(id.)*; Colebr. *loc. cit. (id.)*; *Ind. Stud.*, VIII, 380 *(id.)*.

[4] Mot à mot les *cakravakas (anascasarca)*; sorte d'oiseaux d'aquatiques qui vont toujours par paires.

55.-56. PUTAVṚTTA

Deux tribraques, un molosse et un bacchius ; une césure après la huitième syllabe [1].

ᴗ ᴗ ᴗ | ᴗ ᴗ ᴗ | - - - | ᴗ - -

8° MÈTRES SUR LE TYPE DE L'ATIJAGATÎ. — TREIZE SYLLABES AU PÀDA

57.-58. PRABHÂVATÎ

La deuxième syllabe, la quatrième, la neuvième, la onzième et la finale longues (ou un amphibraque, un dactyle, un anapeste, un amphibraque et une longue) ; une césure après la quatrième syllabe [2].

ᴗ - ᴗ | - ᴗ ᴗ | ᴗ ᴗ - | ᴗ - ᴗ | -

59.-60. PRAHARSHAṆÎ

Les trois premières syllabes, la huitième, la dixième, la pénultième et la finale longues (ou un molosse, un tribraque, un amphibraque, un crétique et une longue) ; une césure après la troisième syllabe [3].

- - - | ᴗ ᴗ ᴗ | ᴗ - ᴗ | - ᴗ - | -

61.-62. MATTAMAYÙRA

La sixième syllabe, la septième, la dixième et la onzième brèves (ou un molosse, un antibacchius, un bacchius un anapeste et une longue) [4].

- - - | - - ᴗ | ᴗ - - | ᴗ ᴗ - | -

---

[1] Cf. *Agnipur.*, 333, 10 *(çrîpuṭa)*; *Bṛhatsaṃh*, 104, 43 *(id.)*; Colebr. *loc. cit.* *(id.)*; *Ind. Stud.*, viii, 379 *(id.)*.

[2] Cf. *Bṛhatsaṃh.*, 104, 21 *(rucirâ)*; *Chandom.*, p. 22 *(id.)*; Colebr., ii, 143 *(id.)*; *Ind. Stud.*, viii, 384 *(id.)*.

[3] Cf. *Agnipur.*, 333, 14; *Bṛhatsaṃh.*, 104, 22; *Chandom.*, p. 21; *Çrutab.* 36; Colebr. *loc. cit.*; *Ind. Stud.*, viii, 384.

[4] Cf. *Agnipur.*, 333, 15; *Bṛhatsaṃh.* 104, 26; *Chandom.*, p. 22; *Çrutab.* 42; Colebr. *loc. cit.*; *Ind.) Stud.*, viii, 385.

Traduction de l'exemple

Sillonnés par l'éclair, reflétant l'arc-en-ciel sur leurs flancs qu'agite la tempête, entourés de grues qui les diaprent de leurs nuances variées, ayant pour fulgurants attributs les grondements du tonnerre, ces nuages, dont l'aspect affole les paons, annoncent l'arrivée de la saison des pluies.

9° MÈTRES SUR LE TYPE DE LA ÇAKVARÎ.— QUATORZE SYLLABES AU PÂDA

63.-64. VASANTATILAKÂ

Les deux premières syllabes, la quatrième, la huitième, la onzième, la pénultième et la finale longues (ou un antibacchius, un dactyle, deux amphibraques et deux longues)[1].

$$- - \smile\ |\ - \smile\ \smile\ |\ \smile\ - \smile\ |\ \smile\ - \smile\ |\ - -$$

Traduction de l'exemple

Portant à la main et dans les cheveux les fleurs diaprées que fait éclore la saison nouvelle, ornée sur toute sa personne d'un assemblage de guirlandes, de festons et de couronnes, embellissant ses oreilles de bouquets de nâgas (*Mesua Roxburghii*) en guise d'anneaux, la femme a vraiment l'air de la toilette du printemps.

65.-66. ASAMBÂDHÂ

Les cinq premières syllabes et les trois dernières longues (ou un molosse, un antibacchius, un tribraque, un anapeste et deux longues); une césure après la cinquième syllabe[2].

$$- - -\ |\ - - \smile\ |\ \smile\ \smile\ \smile\ |\ \smile\ - -\ |\ - -$$

---

[1] Cf. *Agnipur.*, 333, 17; *Bṛhatsamh.*, 104, 33; *Chandom.*, p. 25; *Çrutab.* 37; Colebr. *loc. cit.;* *Ind. Stud.*, viii, 387.

[2] Cf. *Agnipur.*, 333, 15; *Chandom.*, p. 25; Colebr. *loc. cit.; Ind. Stud.*, viii, 386.

67.-68. ÇARABHÂ

Les quatre premières syllabes, la dixième, la onzième, la pénultième et la finale longues (ou un molosse, un dactyle, un tribraque, un antibacchius et deux longues)[1].

$$- - - | - \smile \smile | \smile \smile \smile | - - \smile | - -$$

10· MÈTRES SUR LE TYPE DE L'ATIÇAKVARÎ. — QUINZE SYLLABES AU PÂDA

69.-70. NÂNDÎMUKHÎ

Les six premières syllabes, la dixième et la treizième brèves (ou deux tribraques, un molosse et deux bacchius)[2].

$$\smile \smile \smile | \smile \smile \smile | - - - | \smile - - | \smile - -$$

Traduction de l'exemple

Non ! je n'ai jamais vu jusqu'ici tes grands yeux cuivrés par la colère, ni ton visage sillonné d'une ride qui plisse ton sourcil. C'est tout dire, ô ma déesse : toi, la chérie de mon cœur, tu n'as que douces paroles et joyeux regards.

11· MÈTRES SUR LE TYPE DE L'ASHTI. — SEIZE SYLLABES AU PÂDA

71.-72. VRSHABHAGAJAV LASITA

Un dactyle, un crétique, (trois) tribraques et une longue[3].

$$- \smile \smile | - \smile - | \smile \smile \smile | \smile \smile \smile | \smile \smile \smile | -$$

---

[1] Ce mètre est inconnu des autres auteurs. Celui que Colebr. (*loc. cit.*) indique sous ce nom est sur le type de l'*atiçakvarî* et présente un schema tout différent.

[2] Cf. *Agnipur.*, 333, 18 (*mâlinî*) ; *Bṛhatsaṃh.* 104, 21 (*id.*) ; *Chandom.* p. 27,(*id*) ; *Çrutab.* 38, (*id.*) ; Colebr. *loc. cit.* (*id.*) ; *Ind. Stud.* viii, 391.

[3] Cf. *Chandom.*, p. 29 (ṛshabha°) ; Colebr, *loc. cit.* (*id.*) ; *Ind. Stud.* viii, 392 (*id.*).

73.-74. PRAVARALALITA

Un bacchius, un molosse, un tribraque, un anapeste, un crétique et une longue ; césures après la sixième syllabe et à la fin de chaque pâda [1].

$$\smile - \ast \,|\, - - - \,|\, \smile \,\smile \,\smile \,|\, \smile \,\smile \,- \,|\, - \,\smile \,- \,|\, \smile$$

12ᵉ MÈTRES SUR LE TYPE DE L'ATYASHTI. — DIX-SEPT SYLLABES AU PÂDA

75.-76. ÇIKHARINÎ

Les quatre premières triades du mètre précédent, un dactyle, une brève et une longue ; une césure après la sixième syllabe [2].

$$\smile - - \,|\, - - - \,|\, \smile \,\smile \,\smile \,|\, \smile \,\smile \,- \,|\, - \,\smile \,\smile \,|\, \smile \,-$$

77.-78. VRSHABHALALITA ou HARINÎ

Un tribraque, un anapeste, un molosse, un crétique, un anapeste, une brève et une longue ; deux césures, une après la sixième syllabe et la seconde après la dixième [3].

$$\smile \,\smile \,\smile \,|\, \smile \,\smile \,- \,|\, - - - \,|\, - \,\smile \,- \,|\, \smile \,\smile \,- \,|\, \smile \,-$$

Traduction de l'exemple

L'animal emporté par l'excès de son ardeur amoureuse, quand il a entendu le bruit des eaux auquel il répond par ses mugissements, déchire dans son excitation la terre avec ses cornes ; entouré de génisses, il court sans crainte d'étable en étable et se livre dans la prairie à tous les jeux du taureau.

79.-80. ÇRÎDHARÂ

Un molosse, un dactyle, un tribraque, deux antibacchius et deux longues ;

---

[1] Cf. *Chandom.*, p. 31 ; Colebr. *Misc. Ess.*, II, 144.

[2] Cf. *Agnipur.*, 333, 19 ; *Bṛhatsaṃh.* 104, 8, *Chandom.*, p. 31 ; *Çrutab.* 40 ; Colebr. *loc. cit.; Ind. Stud.*, VIII, 393.

[3] Le premier pâda de l'exemple est irrégulier au point de vue de la césure. — Cf. *Agnipur.*, 333, 21. *Bṛhatsaṃh.* 104, 10 (*carita); Chandom.*, p. 33 ; *Çrutab.* 39 ; Colebr. *loc. cit.; Ind. Stud.*, VIII, 394.

deux césures, la première après la quatrième syllabe et la seconde après la dixième[1].

$$- \, - \, - \, | \, - \, \smile \, \smile \, | \, \smile \, \smile \, \smile \, | \, - \, - \, \smile \, | \, - \, - \, \smile \, | \, - \, -$$

81.-82. VAMÇAPATTRAPATITA

La première syllabe, la quatrième, la sixième, la dixième et la finale longues (ou un dactyle, un crétique, un tribraque, un dactyle, un tribraque, une brève et une longue); deux césures, la première après la septième syllabe et la seconde après la dixième[2].

$$- \, \smile \, \smile \, | \, - \, \smile \, - \, | \, \smile \, \smile \, \smile \, | \, - \, \smile \, \smile \, | \, \smile \, \smile \, \smile \, | \, \smile \, -$$

83.-84. VILAMBITAGATI

Un amphibraque et un anapeste répétés, un bacchius, une brève et une longue; une césure à volonté au commencement du pâda[3].

$$\smile \, - \, \smile \, | \, \smile \, \smile \, - \, | \, \smile \, - \, \smile \, | \, \smile \, \smile \, - \, | \, \smile \, - \, - \, | \, \smile \, -$$

13ᵉ MÈTRE SUR LE TYPE DE LA DHRTI. — DIX-HUIT SYLLABES AU PÂDA

85.-86. CITRALEKHÂ

Les cinq premières syllabes, la onzième, la douzième, la quatorzième, la quinzième, la pénultième et la finale longues (ou un molosse, un antibacchius, un tribraque et trois bacchius)[4].

$$- \, - \, - \, | \, - \, - \, \smile \, | \, \smile \, \smile \, - \, | \, \smile \, - \, - \, | \, \smile \, - \, - \, | \, \smile \, - \, -$$

---

[1] Cf. *Agnipur.*, 333, 22 (*mandâkrântâ*); *Bṛhatsaṃh*, 104, 9 (*id.*); *Chandom.*, p. 32 (*id.*); *Çrutab.*, 18 (*id.*); Colebr., *loc. cit.* (*id.*); *Ind. Stud.*, VIII, 395 (*id.*).

[2] Cf. *Agnipur.*, 333, 21; *Bṛhatsaṃh.*, 104, 40; *Chandom*, p. 32; Colebr., *loc. cit.*; *Ind. Stud.*, VIII, 394. — Le premier pâda de l'exemple pèche au point de vue de la césure.

[3] Cf. *Agnipur.*, 333, 20 (*pṛthvî*); *Bṛhatsaṃh.*, 104, 16 (*vilambitagati*); *Chandom.* (*pṛthvî*), p. 32; *Çrutab.*, 41 (*id.*); Colebr., *loc. cit.* (*id.*); *Ind. Stud.* VIII, 396 (*id.*).

[4] Cf. *Agnipur.*, 333, 22 (*kusumitalatâvellitâ*); *Chandom.*, p. 34 (*id.*); Colebr., *loc. cit.* (*id.*); *Ind. Stud.*, VIII, 397 (*id.*).

14ᵉ MÈTRE SUR LE TYPE DE L'ATIDHṚTI.— DIX-NEUF SYLLABES AU PÂDA

87.-88. ÇÂRDÛLAVIKRÎḌITA

Un molosse, un anapeste, un amphibraque, un anapeste, deux antibacchius et une longue[1].

‒ ‒ ‒ | ◡ ◡ ‒ | ◡ ‒ ◡ | ◡ ◡ ‒ | ‒ ‒ ◡ | ‒ ‒ ◡ | ‒

15ᵉ MÈTRE SUR LE TYPE DE LA KṚTI. — VINGT SYLLABES AU PÂDA

89.-90. SUVADANÂ

Un molosse, un crétique, un dactyle, un tribraque, un bacchius, un dactyle, une brève et une longue; deux césures, la première après la septième
syllabe et la seconde après la quatorzième[2].

‒ ‒ ‒ | ‒ ◡ ‒ | ‒ ◡ ◡ | ◡ ◡ ◡ | ◡ ‒ ‒ | ‒ ◡ ◡ | ◡ ‒

16ᵉ MÈTRE SUR LE TYPE DE LA PRAKṚTI. — VINGT ET UNE SYLLABES
AU PÂDA

91.-92. SRAGDHARÂ

Un molosse, un crétique, un dactyle, un tribraque et trois bacchius; une
césure après la septième, la quatorzième et la vingt et unième syllabes[3].

‒ ‒ ‒ | ‒ ◡ ‒ | ‒ ◡ ◡ | ◡ ◡ ◡ | ◡ ‒ ‒ | ◡ ‒ ‒ | ◡ ‒ ‒

---

[1] Cf. *Agnipur.*, 333, 23; *Bṛhatsaṃh.*, 104, 4; *Chandom.*, p. 37 : *Çrutab.*, 43; Colebr., *loc. cit.*; *Ind. Stud.*, viii, 398.

[2] Cf. *Agnipur.*, 333, 24; *Bṛhatsaṃh.*, 104, 6; *Chandom.*, p. 38; Colebr., *loc. cit.*; *Ind. Stud.*, viii, 399.

[3] Cf. *Agnipur.*, 333, 25; *Bṛhatsaṃh.*, 104, 5; *Chandom.*, p. 39; *Çrutab.*, 44; Colebr. ii, 145; *Ind. Stud.* viii, 400.

7ᵉ MÈTRE SUR LE TYPE DE L'ÂKṚTI. — VINGT-DEUX SYLLABES AU PÂDA

93.-94. BHADRAKA ou MADRAKA

Un dactyle, trois crétiques suivis chacun d'un tribraque, et une longue;
une césure après la dixième syllabe[1].

$$- \cup \cup \mid - \cup - \mid \cup \cup \cup \mid - \cup - \mid \cup \cup \cup \mid - \cup - \mid \cup \cup \cup \mid -$$

18ᵉ METRE SUR LE TYPE DE LA VIKṚTI. — VINGT-TROIS SYLLABES AU PÂDA

95.-96. LALITA

Un tribraque, trois amphibraques suivis chacun d'un dactyle, une brève
et une longue; une césure après la onzième syllabe[2].

$$\cup \cup \cup \mid \cup - \cup \mid - \cup \cup \mid \cup - \cup \mid - \cup \cup \mid \cup - \cup \mid - \cup \cup \mid \cup -$$

19ᵉ MÈTRE SUR LE TYPE DE LA SAMKṚTI. — VINGT-QUATRE SYLLABES AU PÂDA

97.-98. MEGHAMÂLÂ ou DAṆḌIKÂ

Deux tribraques suivis de six crétiques; une césure de sept en sept syllabes[3].

$$\cup \cup \cup \mid \cup \cup \cup \mid - \cup - \mid - \cup - \mid - \cup - \mid - \cup - \mid - \cup - \mid - \cup -$$

---

[1] Cf. Colebr., *loc. cit.; Ind. Stud.*, viii, 401.

[2] Cf. *Agnipur.*, 333, 26 (*açva'alita*); *Chandom.*, p. 41 (*adritanayd*); Colebr., *loc. cit.* (*açvalalita*). *Ind. Stud.*, viii, 402 (*id.*).

[3] Ce mètre est inconnu des autres auteurs.

20ᵉ MÈTRE SUR LE TYPE DE L'ABHIKṚTI.— VINGT-CINQ SYLLABES AU PÂDA

99.-100. KRAUÑCAPADÂ

Un dactyle, un molosse, un anapeste, un dactyle, quatre tribraques et une longue[1].

    – ᴗ ᴗ | – – – | ᴗ ᴗ – | – ᴗ ᴗ | ᴗ ᴗ ᴗ | ᴗ ᴗ ᴗ | ᴗ ᴗ ᴗ | ᴗ ᴗ ᴗ | –

21ᵉ MÈTRE SUR LE TYPE DE L'UTKṚTI. — VINGT-SIX SYLLABES AU PÂDA

101.-102. BHUJAṄGAVIJRMBHITA

Deux molosses, un antibacchius, trois tribraques, un crétique, un anapeste, une brève et une longue ; césures après la quatrième et la huitième syllabes[2].

    – – – | – – – | – – ᴗ | ᴗ ᴗ ᴗ | ᴗ ᴗ ᴗ | ᴗ ᴗ ᴗ | – ᴗ – | ᴗ ᴗ – | ᴗ –

27ᵉ DANDAKAS OU MÈTRES DE VINGT-SEPT SYLLABES ET AU-DESSUS

103.-104. CANDAVṚSHTIPRAYATÂ

Deux tribraques et sept crétiques[3].

    ᴗ ᴗ ᴗ | ᴗ ᴗ ᴗ | – ᴗ – | – ᴗ – | – ᴗ – | – ᴗ – | – ᴗ – | – ᴗ – | – ᴗ –

Traduction de l'exemple

La nourricière des êtres (la terre), peuplée de vos joyeux sujets et riche du trésor de ses moissons, vous entoure de ses hommages ; les monts Vin-

---

[1] Cf. *Agnipur.* 333, 27 ; *Chandom.*, p. 42 ; Colebr. *loc. cit.; Ind. Stud.*, VIII, 403. — Cf. pour l'exemple, *Ind. Stud. loc. cit.*

[2] Cf. *Agnipur.*, 333, 28 ; *Bṛhatsamh*, 104, 47 ; *Chandom.*, p. 43 ; Colebr., *loc. cit.; Ind. Stud.*, VIII, 404.

[3] Cf. *Agnipur.*, 333, 29 ; (°*prayhita*); *Bṛhatamh.*, 104, 61-64 ; *Chandom.*, p. 43, Colebr. *loc. cit.; Ind. Stud.*, VIII, 406

dhyas couverts de forêts de hintâlas (*phœnix paludosa*) et de tâlîs (*corypha taliera*) que dévaste la trompe de l'éléphant, s'inclinent devant vous ; les mers, où les colliers de perles semblent versés par des urnes de cristal, élèvent leurs flots comme des mains pour vous rendre honneur ; et les grands fleuves aux eaux pures et larges dans lesquelles glissent joyeusement des hôtes nombreux, célèbrent en quelque sorte votre gloire.

---

105. — L'auteur a achevé en ce qui concerne les mètres composés de pâdas semblables ; il va décrire ceux dans lesquels les pâdas sont tous dissemblables entre eux et ceux où ils ne sont qu'à demi semblables (ou ne sont semblables que par paires).

106. — On appelle vers dissemblables ceux où chacun des pâdas qui en forment l'ensemble se rapportent à un mètre différent.

107. — Les mètres à demi semblables sont ceux où se trouvent deux pâdas semblables, séparés l'un de l'autre par deux pâdas également semblables entre eux (mais différents des premiers). — Répétition de la définition des mètres dissemblables.

108. — Un pâda est dit long ou bref selon qu'il commence par une voyelle longue ou brève. Un mètre à demi semblable se compose de deux paires de pâdas dissemblables entre eux (dans chaque paire)[1].

109. — Dans un mètre du genre de ceux appelés semblables, quand un pâda est déterminé, le mètre lui-même est déterminé ; un mètre dissemblable n'est déterminé qu'au moyen de la détermination de tous les pâdas qui le composent ; enfin un mètre à demi semblable exige pour être déterminé que deux des pâdas (consécutifs) dont il est composé le soient eux-mêmes.

110. — L'auteur a décrit les différentes sortes de mètres semblables ; il va passer à la détermination des mètres dissemblables, en indiquant les groupes trisyllabiques qui les composent.

---

[1] Je ne vois pas d'autre interprétation à donner du premier hémistiche de ce vers, sans toutefois être absolument sûr du sens.

II

VISHAMAVṚTTAS OU MÈTRES DISSEMBLABLES[1]

111.-113. PATHYÂ

Le premier pâda semblable à l'avant-dernier, et le second (au quatrième).
Le premier se compose de deux anapestes et de deux longues ; le second
d'un anapeste, d'un crétique, d'une brève et d'une longue : (le schema de
de chaque hémistiche est donc)[2].

$$\smile\ \smile\ -\ |\ \smile\ \smile\ -\ |\ -\ -\ \|\ \smile\ \smile\ \smile\ -\ |\ -\ \smile\ -\ |\ \smile\ -$$

114.-115. VIPARÎTAPATHYÂ

Même mesure que pour la pathyâ proprement dite, seulement l'ordre des
pâdas de chaque couple est interverti. (C'est-à-dire qu'on a le schema suivant, du moins pour les parties déterminées par tous les auteurs)[3] :

$$\cdot\ \cdot\ \cdot\ \cdot\ \smile\ -\ \smile\ |\ \times\ \|\ \cdot\ \cdot\ \cdot\ \cdot\ \smile\ -\ -\ |\ \times$$

[1] Ou qui peuvent l'être, mais qui ne le sont pas nécessairement, comme la *pathyâ* dans l'exemple
cité, où la quantité de toutes les syllabes est déterminée, ce qui n'a pas lieu généralement et laisse, par
conséquent, le champ libre pour des combinaisons différentes à chaque pâda. Peut-être Bharata ne
range-t-il la pathyâ dans les mètres vishamas que pour se conformer à la division de Piṅgala. Cf. *Ind.
Stud.* viii, 431 et *sqq.*

[2] Cette description diffère au moins dans la forme de celles données par les autres auteurs qui m e t
tent à part d'abord l'initiale, et la finale qu'ils tiennent pour longues ou brèves à volonté, et qui ne dé-
terminent qu'assez vaguement la quantité des syllabes 2-4 de chaque pâda. Pour le groupe trisyllabique
suivant (5-7) dont la quantité est toujours fixée, Bharata est d'accord avec les autres traités. Cf. Colebr. ii, 107, 108 et 140 ; *Ind. Stud.* viii, 335 et *seqq.*; *Chandomañjarî*, p. 50 et *Çrutab*, 11 et 12.
L'exemple cité, à moins d'incorrection dans le texte, ne répond pas au schema indiqué pour la quantité
de la syllabe initiale du dernier pâda qui devrait être brève et qui se trouve longue.

[3] Le texte de l'exemple cité par Bharata est si corrompu qu'il est assez difficile de voir s'il répond ou non
à ce schema. Le fait est au moins douteux pour le premier hémistiche dont le sens du reste ne paraît
guère se lier à celui de l'hémistiche suivant et qui pourrait ne pas se trouver à sa place ici par suite
d'une erreur du copiste. Les deux derniers pâdas semblent, au contraire, correspondre au schema ha-
bituel de la *viparîtapathyâ* pour les quatre dernières mesures ; quant aux premières, elles diffèrent des
prescriptions formulées par notre auteur à propos de la *pathyâ* et paraissent indiquer qu'il admettait
implicitement les libertés généralement admises en ce qui les concerne. Cf. Colebr., *loc. cit.; Ind.
Stud.*, viii, 338.

116.-117. VIPULÂ

Un tribraque après la quatrième syllabe dans les deux pâdas impairs (le
1ᵉʳ et le 3ᵉ). — (Un bacchius à la même place au second pâda et un crétique
au quatrième) [1].

VARIÉTÉS DE LA VIPULÂ

118-120. — Un molosse comme groupe final aux pâdas impairs :
1° septième voyelle brève aux pâdas pairs [2];

2° septième voyelle brève à tous les pâdas (un dactyle comme groupe
trisyllabique précédant la finale, aux pâdas impairs) [3].

121. — Telles sont les variétés de la pathyâ qu'on distingue sous le nom
de vipulâ. L'auteur va indiquer la mesure d'autres genres de mètres dits vishamas (modelés encore sur le type de la pathyâ anushtubh — huit syllabes
au pâda.)

AUTRES VARIÉTÉS DE LA PATHYÂ

122-124. — 1° Jamais d'anapeste ni de tribraque comme groupe trisyllabique suivant la quatrième syllabe; mais un bacchius suivi d'une longue,
ou, en d'autres termes, un molosse précédé d'une brève comme groupe final
de chaque pâda [4].

---

[1] C'est le mètre que Colebr. *loc. cit.* et les *Ind. Stud.*, vııı, 339 appellent *capâlâ*, avec cette diffé-
rence toutefois, eu égard à l'exemple cité dans ce dernier ouvrage, que nous avons ici pour le 2ᵉ et le
4ᵉ pâda un bacchius et un crétique au lieu de deux bacchius.

[2] Ce mètre, du moins en ce qui regarde les pâdas pairs, est la vipulâ proprement dite des *Ind. Stud.*
vııı, 339 et la *yavipulâ* de Colebr., *loc. cit,* où il faut lire 2 *nd. ft.*, au lieu de 8 *ft.*

[3] C'est le mètre appelé *bhavipulâ* par Colebr., *loc. cit.* et par les *Ind. Stud.*, vııı, 342; Cf. *Ind.
Stud.*, vııı, 340.

[4] Cf. *Ind. Stud.*, vııı, 345.

125-126. — 2° Un molosse, un anapeste (?) et deux longues au premier pâda ; un bacchius, un anapeste, une brève et une longue au second ; un crétique, un dactyle, une brève et une longue au troisième ; un bacchius, un crétique [1], une brève et une longue au dernier [2].

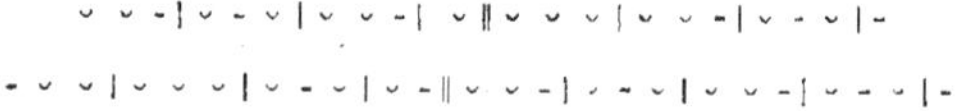

127.-128. UDGATÂ

1er pâda : un anapeste, un amphibraque, un anapeste et une brève ;

2° pâda : un tribraque, un anapeste, un amphibraque et une longue ;

3° pâda : un dactyle, un tribraque, un amphibraque, une brève et une longue ;

4° pâda : une double dipodie d'anapestes et d'amphibraques et une longue [3];

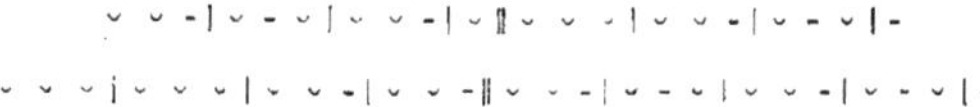

129.-130. LALITA

1er et 2° pâdas : même mesure que pour l'udgatâ ; 3° pâda : deux tribraques et deux anapestes ; 4° pâda : même mesure encore que pour l'udgatâ [4].

131. — Tous ces mètres se rapportent au type de l'anushtubh dont tous les pâdas sont dissemblables [5]. La dissimilitude (entre les pâdas d'un même vers) est de deux sortes : elle peut résulter de la disposition des groupes trisyllabiques et de la mesure de chaque syllabe (considérée d'une manière indépendante.)

---

[1] Ou peut-être un anapeste.

[2] Ce mètre n'est décrit ni par Colebr. ni dans les *Ind. Stud.*, du moins au chapitre des vishamavṛttas.

[3] Cf. *Chandom.*, p. 48 ; Colebr. ii, 118 et 146 ; *Ind. Stud.*, viii, 352.

[4] Cf. *Chandom.*, p. 49 ; Colebr. ii, 146 ; *Ind. Stud.*, viii, 354.

[5] On se demande comment notre auteur peut ranger au type de l'anushtubh des mètres comme l'*udgatá* et le *lalita* dont les pâdas ont 11 (1er et 2°), 10 (3°) et 12 syllabes (4°). Il faut nécessairement admettre ou une généralisation trop compréhensive de sa part sous le titre générique d'anushṭubh, ou, ce que rien d'ailleurs n'autorise à croire, un déplacement de notre vers.

III

ARDHAVISHAMAVṚTTAS OU MÈTRES DONT LES PÂDAS SONT A DEMI SEMBLABLES

132.-133. KETUMATÎ

1er et 3e pâdas : un anapeste, un amphibraque, un anapeste et une longue ;

2e et 4e pâdas : un dactyle, un crétique, un tribraque et deux longues [1].

∪ ∪ — | ∪ — — ∪ | ∪ ∪ — | — ‖ — ∪ ∪ ∪ | — ∪ — | ∪ ∪ ∪ | — —

134.-135. APARAVAKTRÂ

1er et 3e pâdas : deux tribraques, un crétique, une brève et une longue ;

2e et 4e pâdas : un tribraque, deux amphibraques et un crétique [2].

∪ ∪ ∪ | ∪ ∪ ∪ | — ∪ — | ∪ — ‖ ∪ ∪ ∪ | ∪ — ∪ | ∪ — ∪ | — ∪ —

136.-137. PUSHPITÂGRA

1er et 3e pâdas : deux tribraques, un crétique et un bacchius ;

2e et 4e pâdas : un tribraque, deux amphibraques, un crétique et une longue [3].

∪ ∪ ∪ | ∪ ∪ ∪ | — ∪ — | ∪ — ‖ ∪ ∪ ∪ | ∪ — ∪ | ∪ — ∪ | — ∪ —

---

[1] Cf. *Agnipur.*, 332, 3 ; Colebr., II, 46, *Ind. Stud.*, VIII, 359.

[2] Cf. *Bṛhatsaṃh.*, 104, 15 ; *Chandom.*, p. 47 ; Colebr. *loc. cit.*; *Ind. Stud.*, VIII, 361.

[3] Cf *Bṛhatsaṃh.*, 104, 17 ; *Chandom.*, p. 47 ; Colebr., *loc. cit.*; *Ind. Stud.*, VIII, 361.

IV

MÂTRASÂMAKA

138.-139. VÂṆAVÂSIKÂ

Seize mesures au pâda (la brève étant considérée comme l'unité de mesure) partagées en parties trisyllabiques de quatre mesures [1], (ou, plutôt, en tenant compte des indications fournies par l'exemple, partagées en trois parties trisyllabiques de quatre mesures, suivies de deux longues ou de quatre mesures) [2].

V

VERS ÂRYÂS

140. — L'auteur a décrit les mètres composés de pâdas semblables ou dissemblables qui doivent être employés par les gens instruits dans les poèmes et principalement dans les poèmes dramatiques.

141. — Il en est d'autres dont parlent les savants, mais il ne faut pas en user, attendu qu'ils n'embellissent pas (les ouvrages où ils figurent).

142. — L'auteur, toutefois, va décrire encore une certaine sorte de vers,

---

[1] Ce qui exclut l'emploi des tribraques, des crétiques, des bacchius, des antibacchius et des molosses.

[2] Cf. Colebr., II, 78 et 138; *Ind. Stud.*, VIII, 315. Dans ces ouvrages ce mètre est encore déterminé par d'autres particularités. — Je ne puis donner le schema de l'exemple, en raison du peu de sûreté du texte.

mais dont la destination spéciale est d'accompagner le chant (ou d'être chantés.)

143. — Ces vers dont il va parler maintenant qu'il a terminé avec les mètres proprement dits (*vṛtta*), sont les *âryâs*.

144. — Il y a cinq sortes de de vers âryâs : la *pathyâ*, la *vipulâ*, la *capalâ*, la *mukhacapalâ* et la *jaghanacapalâ*.

145. — L'auteur va indiquer en quoi ces vers se distinguent eu égard aux unités métriques, à la césure et à l'arrangement en lieu déterminé des groupes métriques (*gaṇa*.)

146. — La césure est une division (une pause qui tombe entre deux mots); un groupe trisyllabique est composé de quatre mesures (ou unités métriques, — une brève); le deuxième et le quatrième pâdas sont dits les pâdas pairs ; les autres (le 1er et le 3e) sont les pâdas impairs.

147-148. — (Les gaṇas impairs ne doivent pas) être formés au moyen d'un amphibraque [1]. . . . .

Dans l'un des deux hémistiches [2] le dernier gaṇa (le 8e) ne comporte qu'une mesure (ou deux, si l'on considère que la syllabe finale est toujours regardée comme longue.)

149. — Le sixième gaṇa du deuxième hémistiche ne comporte qu'une unité métrique (une brève). Dans l'autre hémistiche (le premier) le sixième gaṇa doit s'établir au moyen d'un amphibraque.

150-151 a. — Quand ce sixième gaṇa du premier hémistiche est exclusivement composé de brèves, il s'y trouve une césure (après la première syllabe), de sorte qu'un mot commence à sa deuxième syllabe. Si c'est le septième gaṇa qui se trouve composé de brèves, sa première syllabe commence un mot (et la césure tombe par conséquent à la fin du septième gaṇa). Pour le deuxième hémistiche la même règle s'applique au cinquième gaṇa. (S'il est composé de brèves, la césure tombe à la fin du quatrième) [3].

---

[1] Cette interprétation me semble à peu près certaine, si l'on rapproche de 147 *a* le lambeau qui suit ; voir les notes du texte.

[2] *Deivikalpa*, en accord avec *gaṇa* sous-entendu, paraît viser dans le texte correspondant et plus bas v. 149, la double alternative où le long hémistiche précède ou suit le petit. Cf. Colebr., II, 67.

[3] Cf., pour les corrections et la traduction de ce passage difficile, *Ind. Stud.*, VIII, 291, et *Agnipurâṇa.*, 330, 7.

151 b. — Le vers âryâ dans lequel la césure se place après les trois premiers gaṇas prend le nom de *pathyâ*.

152 a. — Le vers aryâ est appelé *vipulâ*, quand la césure est placée après le premier et le deuxième gaṇas (?) [1].

152 b et 153 a. — On l'apelle *capalâ*, quand le deuxième et le quatrième gaṇas sont formés au moyen d'un amphibraque.

153 b. — On l'appelle *mukhacapalâ*, si c'est le premier hémistiche qui se trouve construit de la sorte, et *jaghanacapalâ* si c'est le second.

154. — Si les deux hémistiches sont disposés ainsi, on a la forme que les auteurs sur la métrique appellent simplement *capalâ*.

155. — Considéré séparément, le premier hémistiche se compose de trente mesures et le second de vingt-sept.

156-158. . . . . [2].

159. — L'*âryâgiti* est composée de huit groupes de quatre mesures (à chaque hémistiche) ; c'est le sixième groupe du deuxième hémistiche qui diffère (du même groupe de l'âryâ proprement dite, dans laquelle il n'a qu'une mesure au lieu de quatre) [3].

160. — Telles sont les règles qui s'appliquent aux différentes sortes de vers. Mais indépendamment de cela, on doit tenir compte, dans la composition des œuvres poétiques, des trente-six *lakshaṇas* [4].

---

[1] Colebr. ii, 137 dit simplement, quand la césure est placée ailleurs que pour la *pathyâ*. Cf. aussi *Ind. Stud.*, viii, 300.

[2] Le mauvais état du texte de 156 *a* ne permet guère de donner une interprétation sûre de ces trois çlokas, auxquels il convient peut-être de comparer *Ind. Stud.*, viii, 323.

[3] Cf. Colebr , ii, 69 et 137 ; *Ind. Stud.*, viii, 302 et *seqq.*

[2] Cette transition annonce l'objet du chapitre suivant (le dix-septième) qui est consacré, en effet, à la description des lakshaṇas, ou figures de rhétorique dont les poèmes réclament l'emploi.

F I N

LYON. — IMPRIMERIE PITRAT AÎNÉ, RUE JXXT... 4

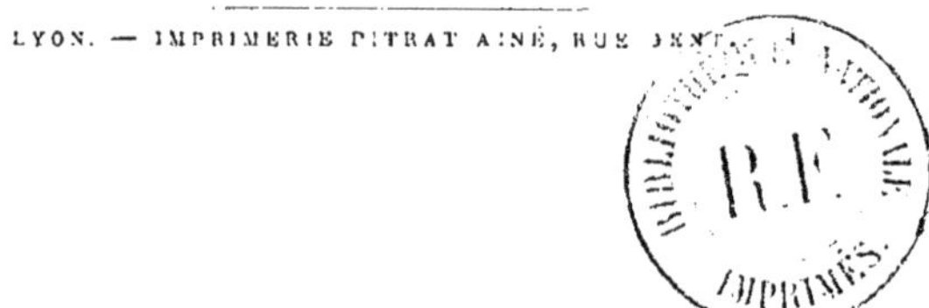

PAR LE MÊME

LIBRAIRIE LEROUX, 28, RUE BONAPARTE, PARIS

ÉTUDES SUR LES POÈTES SANSCRITS DE L'ÉPOQUE CLASSIQUE. — BHARTRIHARI. — LES CENTURIES. Un vol. in-16. . . . . 2 fr.

LES STANCES ÉROTIQUES, MORALES ET RELIGIEUSES DE BHARTRIHARI, traduites du sanscrit. Un vol. in-18, elzévir. . . . . 2 fr. 50

LE CHARIOT DE TERRE CUITE (Mricchatika), drame sanscrit du roi Çudraka. Traduit en français, avec notes tirées d'un commentaire inédit. 4 vol. in-18 elzévir. . . . . . . 10 fr.

DISCOURS D'OUVERTURE DES CONFÉRENCES DE SANSCRIT A LA FACULTÉ DES LETTRES DE LYON. — 1 brochure, in-18 . . . . 1 fr.

LE DIX-SEPTIÈME CHAPITRE DU BHÂRATÏYA-NÂTYA-ÇASTRA. — 1 brochure grand in-8 . . . . 2 fr.

LIBRAIRIE F. VIEWEG, 67, RUE RICHELIEU, PARIS

EXPOSÉ CHRONOLOGIQUE ET SYSTÉMATIQUE, D'APRÈS LES TEXTES, DE LA DOCTRINE DES PRINCIPALES UPANISHADS. — 28e et 34e fascicules de la *Bibliothèque de l'École des Hautes-Études*. . . . . 19 fr.

LYON. — IMPRIMERIE PITRAT AÎNÉ, RUE GENTIL, 4

www.ingramcontent.com/pod-product-compliance
Ingram Content Group UK Ltd.
Pitfield, Milton Keynes, MK11 3LW, UK
UKHW020953140726
13695UKWH00003B/1375

9 782014 089370